La última reverencia de Sherlock Holmes

Arthur Conan Doyle

TRADUCCIÓN: BENJAMIN BRIGGENT

Quinta Edición: 2025
Sexta Edición: 2025

Diseño de cubierta: Alejandro Díaz
Maquetación: Saul Rojas

Edita: Plutón Ediciones X, s. l.,

E-mail: contacto@plutonediciones.com
http://www.plutonediciones.com

I.S.B.N anterior: 978-84-17477-21-9

I.S.B.N: 979-13-87692-66-7
Depósito Legal: B-11240-2025

Impreso en España / Printed in Spain

Estudio Preliminar

Sir Arthur Conan Doyle nació el 22 de mayo de 1859 en Edimburgo, Escocia. Después de una infancia pobre, ocasionada por los problemas de alcoholismo de su padre, empezó una educación privada a los nueve años, gracias al apoyo de sus acaudalados tíos. En 1876 comenzó a estudiar medicina en la Universidad de Edimburgo, durante este período de su vida empezó a escribir historias de ficción y para 1879 ya logró publicar en varias revistas literarias de la capital escocesa.

Después de servir como médico en varios barcos, y de estudiar oftalmología en Viena, se establece en Londres, donde abre una consulta privada. Aquí adquiere el hábito de escribir mientras espera a sus pacientes.

Su más famosa creación literaria, el detective Sherlock Holmes, vio la luz en 1886 gracias a la historia *Un estudio en escarlata*. A partir de entonces, Conan Doyle se dedicará a escribir muchas aventuras para el detective ficticio y su inseparable compañero, el Dr. John Watson. El autor también exploró otros temas, personajes y estilos literarios, pero su fama se debe principalmente a las historias detectivescas de Holmes y Watson.

Murió en 1930, en su casa en East Sussex, después de una larga y prolífica carrera literaria.

La Última Reverencia de Sherlock Holmes

Publicada en 1917, esta recopilación de historias de Sherlock Holmes se enfoca en aquellos relatos que vieron la luz entre 1908 y 1917 en la revista *The Strand*, como toda la obra previa y posterior de Arthur Conan Doyle sobre el famoso detective.

Un breve prefacio de John Watson nos advierte que Holmes disfruta de un merecido descanso, alejado del crimen y la intriga de Londres, pero que estaría dispuesto a volver a prestar sus servicios si se le necesitara.

Aunque no es la última recopilación de relatos de Sherlock Holmes, faltaría por publicarse *El archivo de Sherlock Holmes* en 1927 antes de la muerte del autor, *La última reverencia de Sherlock Holmes* reúne las historias que cronológicamente corresponden a la última etapa de vida del detective. Otra dosis del infalible intelecto de Sherlock Holmes y de las aventuras que le convirtieron, junto al Doctor Watson, en un referente mundial de lo detectivesco y en el ejemplo inmortal de los poderes de deducción para resolver crímenes.

Prefacio de "La última reverencia"

Los amigos y, en general, todos los que aprecian a Sherlock Holmes estarán contentos de saber que vive todavía y que goza de una buena salud, a excepción de algunos puntuales ataques de reumatismo que lo han desanimado.

Desde hace varios años vive en una granja de las Tierras Bajas, a diez kilómetros de Eastbourne, y se dedica a repartir su tiempo entre la filosofía y la apicultura. En todo este tiempo de retiro, no ha querido tomar parte en ningún caso por muy espléndido que luciera. Pero un hecho determinado le movió a poner sus habilidades a la orden del gobierno, el advenimiento de la guerra con Alemania, con resultados históricos que se relatan en *La última reverencia.* A esta obra, y para dar por completo el volumen, se han añadido varios casos que han estado aguardando en mi poder durante mucho tiempo.

John H. Watson, Doctor en Medicina

1. El pabellón Wisteria

Capítulo I
La curiosa experiencia ocurrida a míster John Scott Eccles

Todo ocurrió, según mis anotaciones, en un frío día de Marzo de 1892. Holmes recibió un telegrama y contestó apresuradamente como pudo. No se pronunció palabra alguna sobre ello pero se le quedó rondándole en la cabeza, mientras fumaba de su pipa y lo releía de nuevo al cabo de unos minutos. Súbitamente se giró hacía mí con una mirada maliciosa:

—Escuche, Watson: creo que podemos considerarlo a usted como hombre de letras. ¿Qué definición daría usted a la palabra «grotesco»?

—La de cosa rara, fuera de lo normal —apunté yo.

Al oír esta definición movió negativamente la cabeza.

—Seguramente que abarca algo más que eso; algo que lleva dentro de sí una sugerencia de cosa trágica y terrible. Si usted repasa mentalmente alguno de esos relatos con los que ha martirizado a un público por demás paciente, se dará cuenta de que lo grotesco se convirtió con frecuencia en criminal en cuanto se ahondó en el asunto.

»Recuerde el insignificante episodio de los pelirrojos. En sus comienzos fue cosa grotesca, pero al final se convirtió en una atrevida tentativa de robo. Y nada digamos de aquel otro episodio por demás grotesco de las cinco semillas de naranja, que desembocó en línea recta en un complot asesino. Esa palabra hace que yo me ponga en guardia.

—¿La tiene usted en el telegrama? —le pregunté.

Me lo leyó en voz alta:

"Me ha ocurrido un incidente increíble y grotesco. ¿Puedo consultar con usted?

SCOTT ECCLES
OFICINA DE CORREOS DE CHARING CROSS."

—¿Hombre o mujer? —le pregunté.

—Naturalmente que es un hombre. No hay mujer capaz de enviar un telegrama con la contestación pagada. Se habría presentado aquí sin más.

—¿Lo recibirá usted?

—Ya sabe usted, querido Watson, que desde que hicimos encerrar al coronel Carruthers estoy aburridísimo. Mi cerebro es como un motor en marcha, que se destroza cuando no se dedica a la tarea para la que fue construida. La vida es una cosa vulgar, los periódicos resultan estériles; la audacia y el romanticismo desaparecieron, por lo visto, del mundo criminal. En estas condiciones, ¿cómo es posible que me pregunte si estoy dispuesto a ocuparme de un problema nuevo, por trivial que resulte? Pero, si no me equivoco, aquí tenemos a nuestro cliente.

Se oyeron unos pasos lentos en la escalera y, un momento después, se hizo pasar a la habitación a un hombre corpulento, alto, de patillas grises y aspecto solemne y respetable. En sus facciones graves y maneras pomposas estaba escrita la historia de su vida. Desde sus botines de paño hasta sus gafas de armazón de oro, era aquel hombre un miembro de partido conservador eclesiástico, buen ciudadano, ortodoxo y rutinario en el más alto grado. Pero algo asombroso había venido a perturbar su compostura natural, marcando sus huellas en los cabellos revueltos, en las mejillas encendidas e irritadas, en sus maneras inquietas y llenas de excitación. Se zambulló sin más en el asunto diciendo:

—Míster Holmes, me ha ocurrido algo de lo más extraordinario y desagradable. En toda mi vida no me he visto en situación semejante. Una situación por demás indecorosa, por demás ofensiva. No tengo más remedio que buscarle una explicación.

De irritado que estaba, tragó saliva y bufó.

—Tenga la amabilidad de sentarse míster Scott Eccles —le dijo Holmes en tono tranquilizador—. Antes que nada, ¿puedo preguntarle cómo es que se ha dirigido a mí?

—Pues verá usted señor: el asunto no parecía como para llevarlo a la policía; pero, cuando usted se entere de los hechos, reconocerá que yo no podía dejar las cosas como estaban. Yo no abrigo la menor simpatía hacia los detectives particulares, considerados como una clase, pero como había oído hablar de usted...

—Perfectamente. Y ahora, en segundo lugar, le pregunto: ¿por qué no vino inmediatamente?

—¿Qué quiere usted decir con esas palabras?

Holmes miró su reloj.

—Son las dos y cuarto —dijo—. Su telegrama fue puesto a eso de la una. Pero basta mirar sus ropas y su cabeza para darse cuenta de que sus dificultades arrancaron el instante en que usted se despertó esta mañana.

Nuestro cliente alisó sus cabellos revueltos y se palpó la barbilla sin afeitar.

—Tiene razón, míster Holmes. Ni por un momento pensé en arreglarme. Lo que yo quería era salir a cualquier precio de esa casa. Pero antes de venir a usted he andado de un lado para otro haciendo averiguaciones. Fui a la agencia de alquileres y me contestaron que el señor García tenía pagados los de la casa hasta el día, y que todo estaba en orden en el pabellón Wisteria.

—Vamos, vamos, señor —exclamó Holmes, echándose a reír—. Se parece usted a mi amigo Watson, que tiene la costumbre de contar sus historias mal y en empezando por el final. Por favor, ponga orden en sus pensamientos y expóngase en su debida secuencia los sucesos que le han impulsado a salir de casa sin peinarse ni arreglarse, con botas de paño y los botones del chaleco abrochados en ojales equivocados, para buscar consejo y ayuda.

Nuestro cliente bajó los ojos para contemplar con expresión lastimosa su extraordinaria apariencia exterior.

—Míster Holmes, estoy seguro de que produzco una impresión detestable, y no creo que en toda mi vida me haya ocurrido hasta ahora cosa semejante. Voy a contarle el rarísimo suceso y no me cabe la menor duda de que, cuando haya terminado, reconocerá usted que ha habido motivo suficiente para disculparme.

Pero el relato quedó cortado de raíz. Se oyó fuera mucho ajetreo y la señora Hudson abrió la puerta para dejar entrar en la habitación a dos individuos robustos y con aspecto de funcionarios públicos. Uno de ellos era bien conocido, por ser el inspector Gregson, de Scotland Yard; funcionario enérgico, valeroso y, dentro de sus límites, capaz. Cambió con Holmes un apretón de manos y presentó a su camarada, el inspector Baynes, de la Policía de Surrey.

—Hemos salido juntos a cazar, míster Holmes, y nuestra pista nos ha traído hacia aquí.

Volvió sus ojos de *bulldog* hacia nuestro visitante.

—¿Es usted míster John Scott Eccles, de Popham House, Lee?

—Sí, señor.

—Le venimos siguiendo en sus andanzas toda la mañana.

—Sin duda que lo situaron gracias al telegrama —dijo Holmes.

—Exactamente, míster Holmes. Encontramos la pista en la oficina de Correos de Charing Cross y venimos hasta aquí.

—¿Y por qué me siguen? ¿Qué desean?

—Deseamos, míster Scott Eccles, que nos haga usted una declaración acerca de los hechos que desembocaron en la muerte de míster Aloysius García, del pabellón Wisteria, cerca de Esher.

Nuestro cliente se había erguido en su asiento con ojos desorbitados y sin el menor asomo de color en su cara asombrada.

—¿Muerto? ¿Dice usted que murió?

—Sí, señor; ha muerto.

—Pero, ¿cómo fue? ¿Quizá por accidente?

—Se trata de un asesinato, si en el mundo se ha cometido alguno.

—¡Santo Dios! ¡Es espantoso! ¿Me va a usted a decir...me va a usted a decir que se sospecha de mí?

—Al muerto se le encontró en el bolsillo una carta de usted, y por ella sabemos que usted había proyectado pasar la noche en su casa.

—Y en ella la pasé.

El policía sacó su cuaderno de notas, pero Sherlock Holmes le dijo:

—Espere un momento, Gregson. Lo que usted busca es un relato claro de lo ocurrido, ¿no es así?

—Y es deber mío prevenir a míster Scott Eccles que lo que él diga puede ser usado y empleado en contra suya.

—Cuando ustedes entraron, míster Eccles estaba a punto de contárnoslo todo. Watson, yo creo que un vaso de coñac con soda no le hará ningún mal. Y ahora, señor, yo le ruego a usted que, sin preocuparse de que su auditorio ha aumentado, prosiga con su narración, igual que si nadie le hubiera interrumpido.

Nuestro visitante se había echado de golpe el coñac, volviéndole los colores a la cara; después de dirigir una mirada recelosa al cuaderno del inspector, se lanzó resueltamente a su extraordinario relato:

—Soy soltero —dijo— y como mi temperamento es amigo de alternar, cultivo gran número de amistades. Entre ellas figura la familia de un cervecero retirado que se apellida Melville y que vive en Albemarle Mansión, Kensington. En su mesa conocí hace algunas semanas a un señor joven apellidado García. Me informaron que era hijo de padres españoles y que tenía no sé qué cargo en la Embajada. Hablaba un inglés perfecto, era de maneras agradables y nunca he visto hombre mejor parecido.

»No sé cómo ocurrió, pero el hecho es que aquel joven y yo hicimos una fuerte amistad. Pareció que desde el primer momento se aficionaba a mí, y sin cumplirse los dos días de habernos conocido, vino a visitarme a Lee. De una cosa pasamos a la otra y él acabo por invitarme a pasar algunos días en su casa pabellón Wisteria, entre Esher y Oxshott. Para cumplir con el compromiso contraído me dirigí ayer por la tarde a Esher.

»Me había descrito su casa antes que yo fuese a ella. Residía con un criado fiel, un compatriota suyo, que atendía todas sus necesidades. Este individuo hablaba inglés y se encargaba de todos los menesteres de la casa. Tenía, además, un estupendo cocinero, según me dijo: era un mestizo con el que se había hecho en uno de sus viajes, y que era capaz de preparar excelentes comidas. Recuerdo que él mismo comentó que para vivir en el corazón de Surrey formaba una extraña familia, opinión con la que yo me manifesté conforme, aunque estaba lejos de pensar todo lo extraña que era.

»Me hice llevar en coche hasta la casa, que se hallaba a unos cuatro kilómetros de Esher por el lado Sur. La casa es de regular capacidad y se alza retirada de la carretera, desde la que se llega a ella por una avenida bordeada de arbustos perennes. El edificio es viejo, destartalado y en ruinas. Cuando el coche se detuvo delante de la puerta, llena de manchas y ronchas del tiempo, tuve mis dudas sobre si hacía bien en visitar a un hombre al que solo conocía muy superficialmente. Sin embargo, él mismo fue quien abrió la puerta, recibiéndome con la más brillante cordialidad. Luego me puso en manos de su criado, individuo moreno y melancólico, que me llevó a mi dormitorio, encargándose de mi maleta. La atmósfera toda de la casa resultaba deprimente. Cenamos los dos solos y aunque mi anfitrión hizo cuanto estuvo de su parte por mantener una conversación agradable, parecía como si sus pensamientos se le desmandasen constantemente y hablaba de un modo tan vago y nervioso que apenas si yo le comprendía. Tamborileaba constantemente con los dedos en la mesa, se mordiscaba las uñas y daba otras señales de nerviosa impaciencia. La comida no fue ni bien servida ni estaba bien condimentada, y la sombría presencia del taciturno criado no contribuyó a alegrarla. Les aseguro a ustedes que anduve buscando muchas veces, en el transcurso de la velada, una excusa para regresar a Lee.

»Recuerdo en este momento otra cosa que quizá tenga importancia en relación con el asunto que ustedes dos, caballeros, están investigando. En aquel momento yo no le atribuí ninguna importancia, ya casi terminando la cena, el criado entregó una carta, y me fijé en que, después de leerla, mi anfitrión se mostró aún más distraído y raro que hasta entonces. Renunció ya a mantener ni siquiera una simulación de diálogo y permaneció en su silla, fumando incontables cigarrillos, ensimismado en sus propios pensamientos y sin hacer observación alguna acerca del texto de la carta. Me alegré cuando dieron las once, de poder retirarme a descansar. Algo más tarde se asomó García a mirar al interior de mi habitación, que estaba ya a oscuras, y me preguntó si había llamado yo a la campanilla. Le dije que no. Entonces él se disculpó por haberme molestado a una hora tan tardía, diciendo que era cerca de la una. Yo concilié el sueño acto seguido y dormí toda la noche profundamente.

»Y ahora llego a la parte asombrosa de mi historia. Cuando me desperté era pleno día. Miré mi reloj y eran cerca de las nueve. Yo había insistido en que me despertaran a las ocho, asombrándome mucho de aquel descuido. Salté de la cama y tiré de la campanilla para llamar al criado. Nadie contestó. Volví a llamar una y otra vez, siempre con idéntico resultado. Llegué entonces a la conclusión de que la campanilla estaba descompuesta. Me vestí rápidamente y me apresuré a bajar, muy malhumorado, para pedir agua caliente. Imagínese mi sorpresa al no encontrar a nadie en la casa. Llamé a gritos desde el vestíbulo. Nadie respondió. La noche anterior había indicado el dueño de la casa cuál era su dormitorio. Llamé, pues, a la puerta. La habitación estaba vacía y la cama no había sido tocada. También él se había marchado con los demás. ¡El dueño extranjero, el lacayo extranjero, el cocinero extranjero, habían desaparecido durante la noche! Así terminó mi visita al pabellón Wisteria.

Sherlock Holmes se frotaba las manos y gorgoriteaba por lo bajo ante aquella ocasión de agregar tan extraño suceso a su colección de episodios extraordinarios. Y dijo al visitante:

—Buscando en mis recuerdos, lo que a usted le ha ocurrido constituye un caso único, ¿quiere decirme, señor, qué hizo usted entonces?

—Estaba furioso. La primera idea que se me ocurrió fue la de que había sido víctima de una broma. Hice el equipaje, cerré con estrépito la puerta del vestíbulo al salir y me dirigí en dirección a Esher, cargado con mi maleta. Fui a la oficina de Alian Brothers, los agentes de alquileres más importantes del pueblo, y me encontré con que eran ellos quienes habían dado la casa en arriendo. Se me ocurrió que todo aquel enredo no podía tener por único objeto burlarse de mí, y que seguramente lo que sobre todo buscaba el señor García era marcharse sin pagar la renta. Estamos a finales de marzo, de manera que pronto habrá que pagar el trimestre. Pero esta suposición resultó equivocada. Los agentes me dieron las gracias por mi advertencia, pero me informaron que la renta había sido pagada por adelantado. En vista de eso, vine a Londres y me encaminé a la Embajada Española. Aquel hombre no era conocido allí. Acto seguido me trasladé a ver a Melville, en cuya casa me habían presentado a García, encontrándome con que él sabía aún menos que yo. Por último, al recibir su telegrama de contestación, me encaminé aquí, por tener entendido que usted aconseja lo que hay que hacer cuando se presenta un caso difícil. Y ahora, señor inspector, deduzco, de las palabras que usted dijo al seguir adelante con el relato que lo que acabo de decir es la pura verdad, y que, fuera de ello, desconozco en absoluto todo lo que haya podido ocurrirle a este hombre. Mi único deseo es de ayudar a la Justicia en todo cuanto me sea posible.

—Estoy seguro de ello, míster Scott Eccles, estoy seguro de ello —dijo el inspector Gregson con gran amabilidad—. No tengo más remedio que decir que todos los hechos tal cual nos los ha relatado, coinciden con los datos que han llegado a conocimiento nuestro. Veamos ahora, por ejemplo, lo relativo a esa carta que llegó mientras ustedes cenaban. ¿Se fijó usted qué hizo con ella?

—Sí que me fijé. García la arrugó y la echó al fuego.

—¿Qué me dice usted a eso, Baynes?

El detective campesino era un hombre corpulento, mofletudo, coloradote, cuya cara se salvaba de lo grosero gracias al brillo extraordinario de sus ojos casi ocultos detrás de fofas gorduras de las cejas y de los cigarrillos. Extrajo con parsimoniosa sonrisa del bolsillo una hoja de papel, doblada y descolorida.

—La rejilla de la chimenea es graduable y el papel fue lanzado por encima de los bordes de aquella. Lo recogí sin quemar en la parte de atrás.

Holmes dio a entender con una sonrisa el aprecio que ello le merecía.

—Bien detalladamente ha debido usted de registrar la casa para encontrar una bola de papel.

—Así es, míster Holmes. Es mi costumbre. ¿Quiere, míster Gregson, que la leamos?

El detective londinense asintió con la cabeza.

—La carta está escrita en papel corriente color crema y no tiene filigranas. Es de tamaño cuartilla y le han dado dos cortes con unas tijeritas. Le han hecho luego tres dobleces y la han lacrado con lacre rojo, extendido apresuradamente y aplastado con algún objeto plano y ovalado. Está dirigida al señor García, pabellón Wisteria, y dice así: «*Nuestros colores son verde y blanco. Verde, abierto; blanco, cerrado. Escalera principal, primer pasillo, séptima a la derecha, bayeta verde. Buen viaje. D*». Es letra de mujer, escrita con pluma de punta fina, pero el sobre ha sido escrito con otra pluma, o por otra persona. Como ven ustedes, la letra es más gruesa y de rasgos más enérgicos.

—Es una carta muy curiosa —dijo Holmes, mirándola de arriba abajo—. Le felicito, míster Baynes, por el cuidado del detalle que ha demostrado en el análisis que ha hecho de ella. Podrían quizás añadirse algunos otros detalles insignificantes. El sello ovalado es, sin duda, de un gemelo de puño ¿qué otra cosa tiene esa forma? Las tijeritas son las de uñas. A pesar de los pequeños que son los cortes, se observa claramente en ambos la misma ligera curva.

El detective campesino se echó a reír por lo bajo y dijo:

—Creí que había sacado todo el jugo, pero veo que aun quedaba un poco más. No tengo más remedio que decir que lo único que yo saco de la carta es que se traían algún asunto entre manos y que, como es habitual, en el fondo de todo anda una mujer.

Durante esta conversación, el señor Scott Eccles se había movido nervioso en su asiento, y dijo:

—Me alegro de que hayan encontrado esa carta, que viene a corroborar lo que yo había dicho. Pero me permito hacerles notar que no sé todavía qué es lo que le ha ocurrido al señor García, ni lo que ha sido de sus criados.

—Por lo que a García respecta, la contestación es fácil —dijo Gregson—. Se le encontró esta mañana muerto en el parque comunal de Oxshott, a casi dos kilómetros de distancia de su casa. Tenía la cabeza reducida a papilla por efecto de fuertes golpes que le habían sido dados con un talego de arena o con un instrumento por ese estilo, que, más bien que herir, había aplastado. Estaba en un sitio solitario y no hay casa alguna a menos de quinientos metros. Por lo que se deduce, le golpearon primero por la espalda, pero su agresor siguió golpeándole mucho tiempo después de muerto. Fue una agresión furibunda. No se han descubierto huellas de pisadas ni pista alguna que lleve hacia los criminales.

—¿Le han robado?

—No; no se advierte ninguna tentativa de robo.

—Eso es muy doloroso, muy doloroso y terrible —exclamó míster Scott Eccles, con voz quejumbrosa—; pero la situación en que a mí me pone es muy difícil. Nada he tenido yo que ver en que mi huésped emprendiese una excursión nocturna y encontrase un final tan triste. ¿Cómo es que yo me veo involucrado en semejante asunto?

—Muy sencillo, señor —le contestó el inspector Baynes—. El único instrumento que se le ha encontrado en el bolsillo al muerto ha sido la carta en la que usted le anunciaba que pasaría con él la noche en que murió. Por el sobre de la carta conocí yo el nombre y dirección del muerto. Esta mañana llegamos a su casa después de las nueve, y no hallamos en ella ni a usted ni a nadie. Telegrafié a Gregson para que diese con el paradero de usted en Londres, mientras yo registraba el pabellón Wisteria. Vine después a Londres, me reuní con míster Gregson y aquí nos tiene.

—Creo —dijo Gregson, levantándose— que lo mejor que podríamos hacer ahora es dar forma oficial al asunto. Usted nos acompañará a la Comisaría, míster Scott Eccles, y pondremos por escrito su declaración.

—Iré enseguida, desde luego. Pero retengo los servicios de míster Holmes. Quiero que no economice gastos ni esfuerzos para llegar al fondo de este asunto.

Mi amigo se volvió hacia el inspector provinciano.

—Supongo, míster Baynes, que no verá inconveniente alguno en que colabore con usted.

—Me consideraré muy honrado, señor.

—Veo que ha actuado usted con gran rapidez y sistema en todo. ¿Se tiene algún dato que permita fijar la hora exacta en que ese hombre halló la muerte?

—Llevaba allí desde la una de la madrugada. Alrededor de esa hora llovió y con toda seguridad que su muerte se produjo antes de la lluvia.

—Eso es completamente imposible, míster Baynes —exclamó nuestro cliente—. Tenía una voz inconfundible. Yo estaría dispuesto a jurar que fue él quien me habló a esa hora en mi dormitorio.

—Es extraordinario, pero no imposible —dijo Holmes sonriendo.

—¿Tiene usted acaso una pista? —preguntó Gregson.

—Así, a primera vista, el caso no parece muy complejo, aunque ofrece notas de novedad y de interés. Necesitaría conocer más los hechos antes de aventurarme a exponer una opinión última y definitiva. A propósito, míster Baynes: ¿no encontró usted nada de notable, fuera de esa carta, durante su registro en la casa?

El detective miró a mi amigo de una manera rara y dijo:

—Sí, encontré algunas cosas sumamente notables. Quizá cuando yo haya terminado los trámites en la Comisaría, le interese venir para que le dé mi opinión acerca de las mismas.

—Estoy por completo a sus órdenes —dijo Sherlock Holmes, llamando a la campanilla—. Señora Hudson, acompañe hasta la puerta a estos caballeros, y tenga la bondad de enviar al botones con este telegrama, que lleva contestación pagada de cinco chelines.

Permanecimos un rato sentados y en silencio después de que se marcharon nuestros visitantes. Holmes fumaba sin parar, con las cejas fruncidas con fuerza sobre sus ojos penetrantes y la cabeza caída hacia delante con la expresión afanosa que le caracterizaba.

—¿Qué me dice usted, Watson, de este asunto? —me preguntó, al mismo tiempo que se volvía de manera súbita hacia mí.

—Esta maquinación de que ha sido víctima Scott Eccles no me dice nada.

—¿Y el crimen?

—Pues verá usted: teniendo en cuenta la fuga de los compañeros del muerto, yo diría que ellos están implicados de un modo u otro en el asesinato y han huido de la Justicia.

—Desde luego, es un punto de vista posible. Pero así, a simple vista, tendrá usted que reconocer que resulta muy raro que sus dos criados estuviesen mezclados en una conspiración en contra de su amo y que agrediesen a este precisamente la noche en que había un invitado, teniéndolo como lo tenían a merced suya todos los restantes días de la semana en los que estaba solo.

—¿Por qué razón han huido entonces?

—Esto es. ¿Por qué han huido? Ese es el hecho trascendental. El otro es el caso extraordinario ocurrido a nuestro cliente míster Scott Eccles. Ahora bien, Watson: ¿está acaso fuera de los límites de la inteligencia humana suministrar una explicación en la que encajen estos dos hechos trascendentales? Si en esa explicación cupiese también la misteriosa carta con su cariñosa fraseología, quizás valdría la pena aceptarla como una hipótesis transitoria. Y si los nuevos hechos que vayamos conociendo encajan en el cuadro, quizá entonces nuestra hipótesis se convierte gradualmente en la solución.

—¿Y cuál es esa hipótesis?

Holmes se arrellanó en un sillón, con los ojos entornados.

—Tiene usted que empezar por aceptar, Watson, que la idea de que se trata de una broma es inaceptable. Se preparaban graves acontecimientos, según lo demostraron los hechos, y ese atraer con halagos a Scott Eccles al pabellón Wisteria tiene alguna relación con ellos.

—¿Y cuál puede ser esa relación?

—Vayamos tomando eslabón por eslabón. A simple vista resulta cosa que se sale de lo corriente esa rara y súbita amistad entre el joven hispano y Scott Eccles. Fue aquel quien forzó la marcha de las cosas. El mismo día siguiente al de conocerse, fue a visitar a Eccles al otro extremo de Londres, y se mantuvo en estrecho contacto con él hasta que consiguió que fuese a Esher. Y yo pregunto: ¿para qué podía querer a Eccles? ¿Qué era lo que este le podía proporcionar? A mí no me parece un hombre especialmente inteligente, ni que tenga condiciones para despertar las simpatías de un hombre de raza latina y de ingenio rápido. ¿Por qué, pues, eligió García precisamente a Eccles, entre todas las personas con quien estaba relacionado, como la más indicada para sus propósitos? ¿Posee alguna cualidad destacable? Yo digo que sí. Es el tipo exacto de lo que se llama la respetabilidad inglesa, es el hombre que, como testigo, más impresión puede causar en el ánimo de otro inglés. Usted mismo ha podido ver como ninguno de los dos inspectores ha soñado ni por un instante en poner en tela de juicio sus declaraciones, por extraordinarias que hayan sido.

—¿Y qué es lo que él tenía que declarar como testigo?

—Tal como salieron las cosas, nada; pero todo, si hubiesen resultado de manera distinta. Así es como yo veo las cosas.

—Es decir, que él podría resultar quien demostrase una coartada.

—Exactamente, mi querido Watson; él podría haber hecho buena una coartada. Supongamos, nada más que como base de argumentación, que los habitantes del pabellón Wisteria son compinches de un determinado plan. Y que este tiene que ser puesto en ejecución, sea el que sea, antes de la una de la madrugada. Es posible que, mediante manejo de relojes, hayan conseguido que Scott Eccles se acostase más temprano de lo que él pensaba; en todo caso, es muy verosímil que cuando García se acercó hasta el cuarto de dicho señor para decirle que era la una, no fuesen sino las doce. Suponiendo que García realizase lo que tenía que realizar y estuviese de vuelta para la hora mencionada, es evidente que disponía de un elemento muy fuerte de prueba contra cualquier acusación. ¡Allí estaba aquel inglés irreprochable, dispuesto a jurar ante cualquier tribunal que el acusado no salió de su casa! Era ese un seguro contra lo peor que pudiera ocurrir.

—Sí, sí, eso ya lo veo. Pero, ¿y qué me dice de la desaparición de los otros dos?

—Aún no tengo todos los hechos en la mano, pero no creo que haya dificultades insuperables. Sin embargo, es un error adelantarse en los juicios a los hechos. Porque uno se deja llevar insensiblemente a retorcerlos para acomodarlos a las teorías que se ha forjado.

—¿Y la carta que recibió?

—¿Recuerda su texto? «Nuestros colores son verde y blanco.» Esto suena a cosa de carrera de caballos. «Verde, abierto; blanco, cerrado.» Esto es evidentemente una señal. «Escalera principal, primer pasillo, séptima a la derecha, bayeta verde.» Esto es una cita. Quizás encontramos en el fondo de todo a un marido celoso. Se trataba en todo caso de una búsqueda peligrosa. De no haberlo sido, no habría escrito: «Que Dios le proteja» Y la firma *D.* Esto debería servirnos de guía.

—El hombre era español. Me permito insinuar que *D.* significa Dolores, que es un nombre de mujer bastante corriente en España.

—Muy bien dicho, Watson, muy bien dicho; pero completamente inadmisible. Una española que escribe a un español lo habría hecho en este idioma. Quien ha escrito esta carta es con absoluta certidumbre una inglesa. Bueno, lo mejor será que nos revistamos de paciencia hasta que este magnífico inspector vuelva por aquí. Mientras nos ha salvado durante unas breves horas de la insoportable fatiga de no hacer nada.

Antes que regresase nuestro inspector de Surrey llegó la contestación al telegrama de Holmes. Este lo leyó, y ya se disponía a guardarlo en su cuaderno de notas, cuando se fijó en la expresión de expectativa que tenía mi cara. Me lo tiró, riéndose, y me dijo:

—Nos moveremos entre gentes de gran altura.

El telegrama no era otra cosa que una lista de nombres y direcciones:

Lord Harringby, Tre Dingle; sir George Folliot, Exsott Towers; míster Hynes Hynes, J. P. Purdey Place; míster James Baker Williams, Forton Old Hall; míster Henderson, High Gable; reverendo Joshua Stone, Nether Walsling.

—Es una manera muy sencilla de limitar nuestro campo de operaciones —dijo Holmes—. No me cabe duda de que Baynes, con su manera metódica de discurrir, ha adoptado ya un plan semejante.

—No acabo de comprenderle a usted.

—Querido compañero, hemos llegado ya a la conclusión de que el mensaje recibido por García venía a ser una dirección o una cita amorosa. Pues bien: si la interpretación es correcta, y para encontrarse en el lugar de la cita tiene uno que subir por una escalera principal y buscar la séptima puerta de un pasillo, salta a la vista que la casa es muy grande. Es también evidente que era casa no puede encontrarse a una distancia mayor de dos o tres kilómetros de Oxshott puesto que García caminaba en esa dirección y calculaba, según mi manera de interpretar los hechos, hallarse de vuelta en el pabellón Wisteria con tiempo para beneficiarse de una coartada, que solo sería válida hasta la una de la madrugada. Como el número de casas espaciosas de las proximidades de Oxshott tiene que ser limitado, adopté el método que tenía a mano, es decir, envié un telegrama a los agentes de fincas mencionadas por Scott Eccles, y conseguí de ellos una lista. Son las que dicen este telegrama de contestación, y entre ellas, debe de encontrarse el otro extremo suelto de esta, nuestra enmarañada madeja.

Eran ya cerca de las seis para cuando estuvimos en la linda aldea de Esher, del condado de Surrey, acompañados por el inspector Baynes.

Holmes y yo estábamos en condiciones de pasar ahí la noche, y nos hospedamos en el mesón “El Toro”. Finalmente, fuimos con el detective a visitar al pabellón Wisteria. Era un atardecer frío y oscuro del mes de marzo, fiel presagio del final trágico hacia el que nos dirigíamos.

Capítulo II
El Tigre de San Pedro

Después de dos millas de camino llegamos a una elevada puerta exterior de madera, por la que se entraba a una avenida de castaños. La avenida era sombría y formando curva, nos llevaba hasta una baja y oscura casa. Había una luz débil por entre la ventana de la fachada. Baynes dijo:

—Hay un guardián cuidando la casa. Tocaré en la ventana.

Dio unos golpes en el cristal. A través del empañado cristal vi con dificultad a un hombre junto al fuego que se ponía de pie de un salto, y oí el grito que lanzó. Un instante después nos abría la puerta el agente de policía, pálido y jadeante. La luz de la vela se balanceaba en su trémula mano; Baynes le preguntó con serenidad.

—¿Qué le ocurre, Walters?

El hombre se enjugó con el pañuelo el sudor de la frente y dejó escapar un largo suspiro de alivio.

—Me alegro de que haya venido usted, señor. Ha sido una noche muy larga, y creo que mis nervios no son ya lo que eran.

—¿Sus nervios, Walters? Jamás habría pensado que tuviese usted un solo nervio en su cuerpo.

—Ha sido, señor, culpa de esta casa solitaria y silenciosa, y de esas cosas raras que hemos encontrado en la cocina. Y cuando usted golpeó en la ventana, pensé que volvía de nuevo.

—¿Qué es lo que volvía de nuevo?

—Lo que fuese, que igual podía ser el demonio. Estaba en la ventana.

—¿Qué es lo que estaba en la ventana, y cuándo ha sido eso?

—Hará cosa de dos horas. Cuando empezaba a oscurecer. Yo estaba sentado en la silla, leyendo. No sé qué impulso me hizo levantar la vista, pero el caso es que había una cara mirándome por el cristal más abajo. ¡Válgame Dios, y qué cara! La veré en mis sueños.

—¡Vaya, vaya, Walters! No es ese el mejor lenguaje para un agente de policía.

—Lo sé, señor, lo sé; pero me estremeció, ¡a qué negarlo! No era negra ni blanca ni de ninguno de los colores que yo conozco, sino de una tonalidad rara de arcilla, con salpicaduras de leche. Y luego su tamaño; era el doble que la de usted, señor; y su aspecto, señor: aquellos enormes ojazos saltones, y los dientes blancos como los de una fiera. Le aseguro, señor, que no me fue posible mover un dedo, ni recobrar el aliento, hasta que se apartó y desapareció. Salí de la casa, corrí hacia los arbustos; pero, gracias a Dios, no había nadie allí.

—Si yo no supiera, Walters, que es usted un hombre de confianza, pondría una cruz negra junto a su nombre, por esto que dice. Ni aunque se trate del diablo en persona, debe un agente de policía que está de servicio dar nunca gracias a Dios por no haber podido echarle el guante a la persona a quien persigue. ¿No será todo ello una alucinación y un efecto de los nervios?

—Eso, al menos, es cosa fácil de comprobar —dijo Holmes, encendiendo su pequeña linterna de bolsillo.

Después de un rápido examen del campo de césped, nos informó:

—En efecto, hay huellas de un pie que yo creo que debe ser del número cuarenta y cuatro. Si el resto del cuerpo era proporcionado a su pie, con seguridad que se trata de un gigante.

—¿Qué fue de él?

—Creo que se abrió paso entre los arbustos y salió la carretera.

—Bien —dijo el inspector con expresión grave y pensativa—, sea quien fuere, y quisiese lo que quisiere, se marchó ya, y tenemos otras cosas a las que atender de inmediato. Y ahora, míster Holmes, le mostraré la casa.

Los diferentes dormitorios y salas no aportaron nada a una investigación cuidadosa. Por lo que se veía, los inquilinos habían traído poco o nada con ellos, y habían arrendado la casa completamente amueblada, hasta en sus menores detalles. Habían dejado una buena cantidad de ropa, con la etiqueta de Marx y Cía., Hingh Hilborn. Se habían hecho ya investigaciones por telégrafo, y por ellas se supo que Marx no poseía dato alguno respecto a su cliente, fuera de que era un buen pagador. Entre los objetos de propiedad personal, había algunas chucherías, pipas, novelas, dos de ellas en español, un anticuado revólver de percusión por aguja y una guitarra.

—De todo esto no se saca nada —dijo Baynes, caminando de habitación en habitación con la vela en la mano—. Pero ahora, míster Holmes, le invito a fijar su atención en la cocina.

Era una habitación lóbrega, de techo alto, situada en la parte posterior de la casa, con un camastro de paja en un rincón, que servía aparentemente de cama al cocinero. La mesa estaba cubierta de platos y de fuentes con los restos de la cena de la noche anterior.

—Fíjese en esto —dijo Baynes—. ¿Qué saca usted en consecuencia?

Levantó la vela, y alumbró un objeto rarísimo que se apoyaba en la parte posterior del trinchante. Se hallaba tan arrugado, encogido y marchito que resultaba imposible decir que pudo haber sido aquello. Por un lado era negro y correoso, teniendo cierto parecido con una figura humana. Al examinarla, creí en un principio que se trataba de algún bebé negro, momificado, y luego lo tomé por un mono muy antiguo y retorcido. Finalmente quedé en duda de si aquello era un animal o un ser humano. Tenía ceñida la cintura por una franja doble de conchas blancas.

—¡Cosa interesante, interesantísima! —exclamó Holmes, contemplando aquellos restos siniestros—. ¿Hay algo más?

Baynes nos llevó sin decir palabra hasta el fregadero y adelantó la vela para iluminarlo con su luz. Todo él estaba cubierto con los miembros y cuerpo de un ave corpulenta y blanca, despedazada de una manera salvaje, y sin desplumar.

Holmes señaló con el dedo la cresta de la cabeza cortada del tronco y dijo:

—Es un gallo blanco. ¡Por demás interesante! Estamos ante un caso curiosísimo.

Pero míster Baynes había reservado para el final la más siniestra de sus exhibiciones. Sacó de debajo del fregadero un cubo de cinc que contenía cierta cantidad de sangre, y, acto seguido, retiró de la mesa una fuente, en la que había un montón de trocitos de huesos chamuscados.

—Aquí se ha matado a un ser y lo incineraron. Todos estos huesos los entresacamos del hogar. Hicimos venir esta mañana a un médico, y este afirmó que no se trataba de huesos humanos.

Holmes sonrió y se frotó las manos.

—Inspector, no tengo más remedio que felicitarle por la manera como ha llevado este caso tan característico y tan instructivo. Si no lo toma usted a mal le diré que pienso que tiene usted dotes superiores a las oportunidades que para ejercitarlos se le presentan.

Los ojillos del inspector Baynes relampagueaban de satisfacción.

—Tiene usted razón, míster Holmes. Aquí, en provincias, nos estancamos. Un caso como este de ahora supone para un hombre una oportunidad, y yo confío en aprovecharla. ¿Qué saca usted en consecuencia a propósito de estos huesos?

—Yo diría que son de un cordero o de un cabritillo.

—¿Y el gallo blanco?

—Es un detalle curioso, míster Baynes, muy curioso. Casi estoy por decirle único.

—En efecto, señor: en esta casa ha debido de vivir gente muy extraña y de costumbres muy extrañas también. Una de esas personas a que me refiero ha muerto. ¿Serían acaso sus compañeros los que le siguieron y lo mataron? Si es obra suya, estoy seguro de que les echaremos el guante, porque están vigilados todos los puertos de embarque. Pero yo tengo un criterio distinto acerca de eso. Sí, mi criterio es muy distinto.

—Según eso, usted tiene ya su teoría al respecto, ¿no es así?

—Y quiero llevarla yo mismo adelante, míster Holmes. Debo hacerlo en honor a mis propias facultades. Usted tiene ya hecho su prestigio, pero yo tengo todavía por hacer el mío. Me alegraría mucho poder afirmar, al final del asunto, que yo he solucionado el caso sin la ayuda de usted.

Holmes se echó a reír de muy buen agrado, y dijo:

—Muy bien, muy bien, inspector. Usted siga su camino y yo seguiré el mío. Lo que yo consiga está siempre de muy buena gana a su servicio, si usted no encuentra inconveniente en dirigirse a mí. Creo que he visto ya en esta casa todo lo que quería ver, y que el tiempo de que dispongo podría emplearse con mayor provecho en cualquier otro lugar. *Au revoir*, y ¡buena suerte!

Yo habría podido decir, por muchos indicios sutiles, que se le habrían escapado a cualquier otra persona menos a mí, que Holmes seguía una pista todavía fresca. A pesar de que un observador casual lo habría encontrado tan impasible como siempre, brotaban de sus ojos encendidos y de sus maneras más briosas un anhelo apagado y una sugerencia de energía en tensión, que a mí me dieron la seguridad de que la pieza de caza no estaba lejos. Nada dijo Holmes, según tenía por costumbre, y nada le pregunté yo, según también tenía por costumbre. Me bastaba con participar en la partida de caza y en aportar mi humilde ayuda para la captura, sin distraer con interrupciones innecesarias la atención de aquel cerebro reconcentrado. Todo se manifestaría a su debido tiempo.

Esperé pues; pero, para mi desilusión, cada vez mayor, esperé en vano. Siguió un día, a otro día, y mi amigo no avanzó un paso. Se pasó una mañana en Londres, y yo me enteré por una alusión casual, que había visitado el Museo Británico. Fuera de esta única excursión, se pasó los días en largas caminatas, frecuentemente solitarias, o en charlar con cierto número de gentes de la aldea, cuya amistad se había dedicado a cultivar.

—Watson, tengo la seguridad de que una semana en el campo, le vendrá magníficamente —me dijo un día—. Resulta por demás agradable ver cómo surgen en los setos los primeros tallos vendes y las primeras candelillas en los avellanos. Con una escarda, una caja de hojalata y un libro elemental sobre botánica, pueden invertirse días muy instructivos.

Él mismo vagaba de un lado para otro cargado con ese equipo, pero el surtido de plantas que traía cada noche era muy escaso.

De vez en cuando tropezábamos en nuestras andanzas con el inspector Baynes. La cara ancha y colorada de este se deshacía en sonrisas y sus ojillos rebrillaban al saludar a mi compañero. Poco era lo que hablaba acerca del caso, pero de ese poco sacamos la conclusión que tampoco él se hallaba insatisfecho del curso que llevaban los acontecimientos. Sin embargo, no tengo más remedio que confesar que me quedé algo sorprendido cuando unos cinco días después del crimen, abrí mi periódico de la mañana y me encontré con estos grandes titulares:

El misterio de Oxshott hacia la solución
Detención del presunto asesino

Holmes saltó de su asiento al leer tales titulares, como si le hubiesen pinchado, y exclamó:

—¡Por Júpiter! ¿Quiere decir eso que Baynes le ha echado el guante?

—Por lo visto, sí —le contesté, y leí el siguiente informe:

«Se ha producido en Esher y en toda su comarca una gran emoción al saberse, a última hora de la pasada noche, que se había llevado a cabo una detención relacionada con el asesinato de Oxshott. Se recordará que en el parque comunal de Oxshott fue encontrado muerto el señor García, del pabellón Wisteria. Su cadáver mostraba señales de una agresión de extraordinaria violencia, y también se recordará que su criado y su cocinero huyeron aquella misma noche, lo que parecía demostrar su participación en el crimen. Se apuntó la idea, que no llegó a demostrarse, de que el muerto guardaba quizá en la casa objetos de valor, y que el móvil del crimen había sido el robo de los mismos.

El inspector Baynes, a cuyo cargo está el caso, realizó toda clase de esfuerzos para descubrir el lugar en que se ocultaban los fugitivos, teniendo buenas razones para creer que no habían ido muy lejos y que se hallaban ocultos en algún escondite que tenían preparado previamente. Se tuvo, a pesar de todo, desde el primer momento, la certidumbre de que llegarían a dar con su paradero, porque el cocinero, según declaraciones de algunos proveedores que tuvieron ocasión de verlo por la ventana, era un hombre de aspecto por demás llamativo. Se trata de un mulato gigantesco y feísimo, de rasgos amarillentos, de marcado tipo negroide. A este individuo se le ha visto con posterioridad al crimen, porque la noche misma que siguió a este fue descubierto y perseguido por el agente de policía Walters, pues tuvo la audacia de regresar al pabellón Wisteria. El inspector Baynes, pensando que una visita de esa clase no se hacía sin ninguna finalidad determinada, y que era probable, por consiguiente, que se repetiría, dejó sin guardia la casa, pero colocó personal oculto en el bosque de arbustos.

El individuo en cuestión cayó en la trampa y fue capturado la noche pasada después de grandes forcejeos, en el transcurso de los cuales dio una feroz mordedura al agente de policía Downing. Tenemos entendido que, cuando el preso sea llevado ante los jueces, la Policía solicitará que se mantenga su detención, esperándose que su captura haya de traer como consecuencia grandes novedades.»

—No tenemos más remedio que ir a visitar inmediatamente a Baynes —exclamó Holmes, echando mano a su sombrero—. Lo alcanzaremos con el tiempo preciso antes que salga de casa.

Cruzamos a toda prisa la calle de la aldea y tal cual esperábamos, encontramos al inspector cuando salía de sus habitaciones.

—¿Ha leído usted el periódico, míster Holmes? —preguntó, alargándonos un ejemplar del mismo.

—Sí, lo he leído míster Baynes. Le ruego que no tome a mal el que le ponga a usted amistosamente en guardia.

—¿En guardia, contra que, míster Holmes?

—He estudiado este caso con especial atención, y no estoy convencido de que la dirección que usted sigue sea la verdadera. No me agradaría que usted se lanzara demasiado adelante por ese camino, a menos que tenga una completa seguridad.

—Es usted muy amable, míster Holmes.

—Le aseguro que hablo mirando por usted.

Creí advertir en uno de los ojillos de míster Baynes un temblor que se parecía a un guiño.

—Míster Holmes, habíamos convenido en que cada cual llevase el asunto siguiendo sus propias directrices, y eso es lo que yo estoy haciendo.

—Pues entonces, no digo nada —contestó Holmes—. No lo tome a mal.

—De ninguna manera, señor; yo creo que usted mira por mi bien. Pero todos nosotros tenemos nuestros modos de trabajar propios, míster Holmes. Usted tiene los suyos y quizá yo tenga también los míos.

—Ni una palabra más.

—De todos modos, voy a darle a usted con mucho gusto los datos que poseo. El individuo en cuestión es un completo salvaje, tan fuerte como un caballo percherón, y tan agresivo como un demonio. Casi le arrancó el pulgar a Downing de un mordisco, antes que pudiera ser dominado. Apenas si habla algunas palabras en inglés, y solo hemos conseguido que nos conteste con gruñidos.

—¿Y usted cree tener pruebas de que él asesinó a su amo?

—Yo no he dicho eso, míster Holmes; yo no he dicho eso. Todos tenemos nuestros pequeños trucos. Pruebe usted con los suyos y yo probaré con los míos. Ese es nuestro convenio.

Mientras Holmes y yo nos alejábamos, este se encogió de hombros, y dijo:

—No puedo conseguir que ese hombre se me confiese. Me da la impresión de que cabalga de una manera que va a sufrir una caída. Pero bueno, y como él dice, cada uno de nosotros debe proceder a su manera, y ya veremos lo que resulta. Sin embargo, observo algo en el inspector Baynes que no acabo de comprender por completo.

Una vez que estuvimos de vuelta en nuestra habitación de "El Toro", me dijo Sherlock Holmes:

—Watson, haga el favor de sentarse en esa silla, porque voy a ponerle al tanto de la situación, pues bien pudiera ser que esta noche tuviese yo necesidad de su ayuda. Voy a explicarle la evolución que ha experimentado este caso hasta donde yo he sido capaz de seguirlo. En sus rasgos fundamentales ha sido sencillo, pero, a pesar de ello, ha ofrecido extraordinarias dificultades para poder realizar una detención. En ese aspecto hay todavía huecos que necesitaré llenar... Volvamos a la carta que le fue entregada a García la noche misma de su muerte. Podemos descartar la idea que tiene Baynes de que los criados de García participaron en el hecho. La prueba en ello la tenemos en que quien se las había ingeniado para que Scott Eccles se hallase presente aquella noche en la casa fue el mismo García, y ya sabemos que ese acto suyo no podía tener otra finalidad que la de preparar una coartada. Era, pues, García quien meditaba una empresa, una empresa que era por lo visto criminal, porque solo quien medita un crimen trata de establecer una coartada. ¿Quién es, pues, la persona que con mayor probabilidad le quitó la vida? No cabe duda de que esa persona es la misma contra la cual iba dirigida la empresa criminal.

Hasta aquí creo yo que avanzamos por terreno firme... Nos encontramos, pues, con una razón que explica la desaparición de los criados de García. Todos ellos estaban compinchados para cometer algún crimen que nosotros desconocemos. Si ese crimen se realizaba, García regresaría a casa, quedaría cubierto contra toda sospecha por la declaración del caballero inglés, y no habría pasado nada. Pero lo que tramaban debía de ser empresa peligrosa, y si García no regresaba a casa a una hora determinada, era probable que hubiese perdido la vida él mismo. Por consiguiente, habían quedado de acuerdo en que, si tal cosa ocurría, sus dos subordinados huirían a algún lugar previamente convenido, para librarse de allí de las pesquisas y estar en situación de renovar más adelante la tentativa. ¿No es cierto que esta hipótesis explica todo los hechos ocurridos?

Tuve la sensación de que la inexplicable maraña se desenredaba ante mis ojos. Y, como siempre me ocurría, me pregunté cómo no había visto yo antes una cosa evidente.

—Pero, ¿por qué razón había de regresar uno solo de los servidores?

—Podemos suponer que, en la confusión de la fuga, se habían olvidado algo de mucho valor, de algo que no se resignaba a desprenderse. Eso explicaría su insistencia en regresar, ¿no es cierto?

—Bien, ¿y cuál es el próximo paso?

—El paso que viene a continuación es la carta recibida por García durante la cena. Ella descubre la existencia de otro compinche en el extremo contrario. Pero, ¿dónde se encuentra el extremo contrario? Ya le tengo dicho que ese extremo solo podía encontrarse en alguna casa muy espaciosa, y que el número de casas de esa categoría que hay en el entorno es muy escaso. Los primeros días que pasé en esta aldea los consagré a una serie de caminatas, y durante estas, en los intervalos de mis pesquisas botánicas, llevé a cabo un reconocimiento de todas las casas grande y un examen de la historia familiar de sus ocupantes. Una, solo una de las casas reclamó mi atención.

Esa casa fue la conocida granja de estilo jacobino, de High Gable, situada a dos kilómetros de distancia del extremo más lejano a Oxshott, y a menos de un kilómetro del escenario de la tragedia. Las demás casonas pertenecen a gentes prosaicas y respetables, que viven muy lejos de todo lo novelesco. En cambio míster Henderson, de High Gable, resultó desde todo punto de vista un hombre raro al que bien podían ocurrirle aventuras raras. Concentraré, pues, mi atención en él y en su casa... Ahí tiene usted, Watson, una colección de gentes raras; y la más curiosa entre todas ellas es el mismo Henderson. Me las arreglé para visitarle con un pretexto razonable; pero me pareció leer en sus ojos negros, profundos y meditadores, que él sabía perfectamente cuál era mi verdadera finalidad. Es un hombre de cincuenta años, y aires de emperador; es decir, un hombre impetuoso, dominador, que oculta un temperamento al rojo vivo, detrás de su cara apergaminada. O es extranjero, o ha vivido mucho tiempo en los trópicos, porque tiene un color amarillento y está reseco, aunque es tan correoso como una trenza de látigo. Su amigo y secretario, míster Lucas, es indudablemente extranjero, de color chocolate, marrullero, dulzarrón y gatuno, con una melosidad venenosa en el habla.

De modo, pues, Watson, que nos encontramos ya ante dos grupos de extranjeros, el uno en el pabellón Wisteria, y el otro en High Gable, con lo que empiezan a taparse los huecos de los que antes le hablaba. Esta pareja de amigos íntimos y confidenciales constituyen el centro de toda la casa; pero hay otra persona que quizá sea más importante para las finalidades inmediatas que perseguimos nosotros. Henderson tiene dos hijas, una de doce y otra de trece años. Tienen de institutriz a cierta miss Burnet, inglesa, de unos cuarenta años. Hay también un criado de confianza. Este pequeño grupo es el que forma la verdadera familia, porque siempre viajan juntos, ya que Henderson es un gran viajero que anda siempre de un lado para otro. No hace más que unas semanas que regresaron a High Gable, después de un año de ausencia. Agregaré que es un hombre inmensamente rico que puede satisfacer todos sus caprichos sin sacrificio alguno. Fuera del grupo del que hablo, su casa está llena de despenseros, lacayos, doncellas y todo personal sobrealimentado y en holganza que es corriente en las grandes residencias campestres de Inglaterra...

De todo eso me enteré en parte por los chismorreos de la aldea, y en parte por mi propia observación. No hay mejores instrumentos en esa tarea que los criados que han sido despedidos y se sienten resentidos. Yo tuve la buena suerte, aunque tampoco lo habría encontrado si no hubiese andado a su caza. Como dice Baynes, cada cual tenemos nuestro sistema. Fue ese sistema mío el que me permitió conocer a John Wasnes, que fue jardinero de High Gable, y que fue despedido en un momento de mal humor por su amo dominador. A su vez, el jardinero tenía amigos entre la servidumbre del interior de la casa, a la que une el común temor y antipatía al amo. De ese modo conseguí la llave que me iba a abrir los secretos de aquella familia... ¡Gente rara, Watson! No afirmo que conozca ya todo lo que allí ocurre, pero son, sin duda alguna, gente rara.

El edificio está compuesto de dos alas; la servidumbre vive en una y la familia en otra. Entre un ala y otra no existe más ligazón que el criado de confianza de Henderson, que sirve de comer a la familia. Todo se lleva hasta una determinada puerta, que conecta las dos alas. La institutriz y las niñas apenas salen, como no sea al jardín. Jamás, ni por casualidad, Henderson se pasea solo. Su moreno secretario es como su sombra. Entre la servidumbre se rumorea que su amo tiene un miedo terrible de algo. Warner dice: «Vendió su alma al diablo por dinero, y teme que su acreedor se presente en cualquier momento a reclamar la deuda.» Nadie tiene la menor idea de dónde vinieron, o quiénes son. Es gente violenta. En dos ocasiones Henderson la ha emprendido a latigazos con algunas personas, y tan solo se ha librado de comparecer ante los tribunales gracias a su repleta bolsa y a las fuertes indemnizaciones que ha pagado...

Y ahora, Watson, examinemos la situación de estos datos nuevos. Podemos dar por supuesto que la carta procedía de esta extraña familia, y que en ella se invitaba a García a realizar algún proyecto que tenían convenido. ¿Quién escribió la carta? Alguien que estaba dentro de la ciudadela, y que era una mujer. ¿Qué otra persona podía ser sino la institutriz miss Burnet? Todos nuestros razonamientos, nos llevan en esa dirección. Podemos, en todo caso, tomarlo como una hipótesis, y ver las consecuencias que de ella se derivarán. Agregaré que la edad y la manera de ser de miss Burnet vienen a desmentir mi primera suposición de que pudiera haber en nuestra historia un asunto amoroso... Si ella escribió la carta, es de suponer que era amiga y aliada de García. ¿Qué actitud puede suponerse en consecuencia que adoptaría al recibir la noticia de su muerte? Si la empresa en que colaboraban era pecaminosa, se callaría, aunque guardase en su corazón rencor y odio contra quienes le habían dado muerte; y también era de presumir que prestaría su ayuda, en lo que fuese para vengarse de ellos. ¿Me sería posible hablar con ella, y servirme de ella? Tal fue mi primer pensamiento. Pero ahora nos enfrentamos con un hecho siniestro. Desde la noche del crimen, nadie ha visto a miss Burnet. Desde entonces se ha esfumado por completo. ¿Vive? ¿Ha sufrido suerte idéntica y en idéntica noche que el amigo al que había dado cita? ¿O la tienen simplemente prisionera? He ahí el punto que nos queda todavía por resolver... Por lo dicho se dará cuenta usted, Watson, de lo difícil de la situación. No disponemos de prueba alguna que nos permita solicitar un edicto judicial. Si expusiésemos ante un juez nuestras suposiciones, las tomaría por pura fantasía. La desaparición de la mujer nada representa, porque en esa extraordinaria servidumbre puede ocurrir que no se vea a un miembro de la misma, durante una semana entera. Sin embargo, pudiera encontrarse ahora mismo en peligro de muerte. Todo lo que yo puedo hacer ahora es vigilar la casa, haciendo que mi agente Warner monte guardia frente a las puertas exteriores del parque. No podemos consentir que se prolongue semejante situación. Puesto que la Justicia no puede hacer nada debemos actuar cargando nosotros con los riesgos.

—¿Qué es lo que usted sugiere?

—Conozco la habitación de esa mujer. Se puede llegar hasta ella por el tejado de una de las dependencias accesorias. Sugiero, pues, que usted y yo vayamos allí esta noche para ver si damos en el corazón mismo del misterio.

La perspectiva, no tengo más remedio que reconocerlo, no era muy atrayente. La vieja casa, con su atmósfera de misterio, sus extraños y temibles habitantes, los peligros desconocidos que podía ofrecer el acercarse a ella, y el que, desde el punto de vista legal, nos colocábamos en una situación falsa, todo, en fin, se combinaba para dar un apagón a mi entusiasmo. Pero la frialdad de témpano que Holmes ponía en sus razonamientos tenía algo que hacía imposible echarse atrás cuando él recomendaba alguna aventura. Le daba a uno el convencimiento de que así, y solo así, era posible llegar a la solución. Estreché su mano en silencio. Los dados estaban echados.

Pero no quiso el destino que nuestra investigación tuviese un final aventurero. Serían las cinco de la tarde, y ya empezaba a descender las sombras de marzo, cuando se precipitó dentro de nuestra habitación un excitado campesino.

—Se fueron, míster Holmes. Marcharon con el último tren. La señora se escapó y yo la tengo abajo, en un coche.

—¡Magnífico, Warner! —exclamó Holmes, poniéndose en pie de un salto—. Watson, esos huecos se van llenando rápidamente.

Dentro del coche encontramos una mujer, medio desmayada por efecto del agotamiento nervioso. En los rasgos de su cara aguileña y enflaquecida mostraba las huellas de alguna tragedia reciente. Le colgaba la cabeza inexpresiva sobre el pecho, pero cuando la levantó y fijó en nosotros sus ojos apagados, vi que sus pupilas formaban dos puntitos negros en el centro del ancho iris grisáceo. La habían narcotizado con opio. Nuestro emisario, es decir, el jardinero despedido, nos dijo:

—Yo estaba de vigilancia en la puerta exterior, tal como usted me lo tenía ordenado, míster Holmes. Cuando salieron en coche, yo les seguí hasta la estación. Esta mujer caminaba como sonámbula; pero cuando intentaron meterla en el tren, volvió a la vida y se opuso forcejeando. La metieron de un empujón dentro del vagón, pero ella salió otra vez a viva fuerza. Yo entonces me puse de su parte, la metí en un coche, y aquí estamos. No olvidaré jamás la cara que me miró desde la ventanilla del vagón cuando yo me la llevaba. Poco tiempo me quedaría de vida, si aquel demonio amarillento, de ojos negros y expresión rabiosa, pudiera cumplir sus deseos.

Subimos a la mujer a nuestro cuarto, la acostamos en el sofá, y un par de tazas del café más fuerte que pudimos preparar bastaron para despejar su cerebro de las brumas de la droga. Holmes había enviado a buscar a Baynes, y explicó rápidamente a este la situación.

—Señor mío, usted me ha proporcionado la prueba misma que yo andaba buscando —dijo el inspector, estrechando calurosamente la mano de mi amigo—. Desde el primer momento seguía yo la misma pista que usted.

—¿Cómo? ¿Qué también usted andaba detrás de Henderson?

—Sí, míster Holmes, y cuando usted reptaba sigilosamente entre los arbustos de High Gable, yo estaba encaramado entre las ramas de un árbol y le estaba viendo desde allí arriba. Andábamos a ver quién conseguía antes una prueba de culpabilidad.

—Y entonces, ¿por qué detuvo al mulato?

Baynes gorgoriteó de risa.

—Yo tenía la certidumbre de que Henderson, como él se hace llamar, se daba cuenta de que se recelaba de él, y que mientras se creyese en peligro permanecería agazapado y no daría paso alguno. Detuve a un hombre que yo sabía que no era culpable para hacerle creer que ya no le vigilábamos. Yo estaba seguro de que entonces intentaría largarse dándonos así oportunidad de acercarnos a miss Burnet.

Holmes puso su mano en el hombro del inspector, y le dijo:

—Usted llegará muy arriba en su profesión, porque tiene instinto y facultad intuitiva.

Baynes se sonrojó de placer.

—He tenido durante toda la semana a un agente vestido de paisano en la estación, esperando que se produjese la fuga. Vayan a donde vayan los del grupo de High Gable, ese hombre les seguirá y miss Burnet se encuentra a salvo, todo termina bien. Sin las declaraciones de esta mujer no podemos proceder a realizar detenciones, eso es evidente. De modo, pues, que cuando antes nos haga ella su declaración, será mejor.

—Se está recuperando por momentos —dijo Holmes, examinando a la institutriz—. Pero, dígame, Baynes: ¿quién es el tal Henderson?

—Henderson —contestó el inspector—, es don Murillo, al que llamaban en otro tiempo el *Tigre de San Pedro.*

¡El *Tigre de San Pedro!* Como un relámpago surgió en mi cerebro la historia completa de aquel hombre. Se había hecho célebre como el tirano más depravado y sanguinario de cuantos han gobernado cualquier país con pretensiones de civilizado. Hombre fornido, temerario y enérgico, tuvo temple suficiente para hacer soportar sus vicios durante diez o doce años a un pueblo acobardado. Su nombre inspiraba terror por toda América Central. Al cabo de ese tiempo hubo una sublevación general en contra suya. Pero el tirano era tan astuto como cruel, y en cuanto advirtió el primer rumor de la tormenta que se acercaba, hizo llevar secretamente sus tesoros a bordo de un barco tripulado por fervientes adeptos suyos. Cuando los sublevados tomaron al siguiente día por asalto el palacio, lo encontraron vacío. El dictador, sus dos hijas, su secretario y sus riquezas habían escapado de sus manos. Desde aquel día desapareció del mundo, y repetidas veces se ocupó la prensa europea del anónimo bajo el cual escondía su identidad.

—Sí, señor; don Murillo, el *Tigre de San Pedro* —recalcó Baynes—. Si usted lo consulta, se encontrará con que los colores de la bandera de San Pedro son el verde y el blanco, es decir, los mismos de los que habla la carta. Ese hombre se hace llamar Henderson, pero yo pude remontarme en sus andanzas hasta París, Roma, Madrid, Barcelona, en cuyo puerto entró su barco el año ochenta y seis. Desde entonces lo buscan para tomar venganza en él, pero hasta ahora no habían conseguido dar con su paradero.

Miss Burnet, que se había erguido en su asiento y seguía con gran atención nuestro diálogo dijo:

—Descubrieron su paradero hace un año. Ya una vez han atentado contra su vida, pero algún espíritu maligno le protegió. Nuevamente, ahora, ha caído el noble y caballeroso García, mientras ese monstruo huye sano y salvo. Pero otro hombre sucederá al caído, y otro, y otro hasta que algún día se haga justicia; eso es tan cierto como que mañana va a salir el sol.

Sus manos delgadas se apretaban con fuerza y el ímpetu de su odio empalideció su cara demacrada.

—¿Y cómo se vio usted metida en este asunto, miss Burnet? —preguntó Holmes—. ¿Cómo es posible que una señora inglesa participe en un asunto de asesinato?

—Me alié a ellos porque no había otro modo en el mundo de que se hiciese justicia. ¿Qué le importa a la Justicia de Inglaterra que hayan corrido ríos de sangre años atrás en San Pedro, o que este individuo robase un barco cargado de riquezas? Para ustedes todas esas cosas son igual que crímenes cometidos en algún otro planeta. Para nosotros, en cambio, son realidades vivas. Nos hemos enterado de la verdad a fuerza de dolor y de sufrimientos. Para nosotros no hay en el infierno un demonio que pueda equipararse con Juan Murillo, y no puede haber paz en la vida mientras todas sus víctimas sigan clamando venganza.

—No cabe duda de que ese hombre fue todo lo que usted dice —le contestó Holmes—. He oído hablar de sus atrocidades. Pero, ¿en qué le afectan ellas a usted?

—Se lo contaré todo. La política de este miserable consistía en asesinar, con un pretexto u otro, a cuantos hombres podían llegar a ser con el tiempo rivales peligrosos suyos. Mi marido... sí, porque mi verdadero apellido es señora de Víctor Durango, era ministro de San Pedro en Londres. Allí nos conocimos y nos casamos. Jamás hubo en el mundo un hombre más noble. Por desgracia, Murillo tuvo noticias de sus excelentes cualidades, lo llamó a San Pedro con cualquier pretexto, y lo hizo fusilar. Como si tuviera un barrunto de la muerte que le esperaba, se negó a llevarme con él. Le fueron confiscadas sus propiedades, y yo quedé malviviendo y con el corazón destrozado.

»Sobrevino más tarde la caída del tirano. Este huyó, como se lo he contado antes. Pero las muchas personas, cuyas vidas había deshecho y cuyos parientes más próximos y más queridos habían sufrido las torturas y la muerte a manos suyas, no se conformaron con dejar las cosas como estaban. Formaron entre sí una sociedad que no se disolvería sino cuando hubiese realizado su obra. A mí se me designó, después que logró descubrirse al déspota caído bajo el nombre de Henderson; se me designó, digo, para que entrase en su servidumbre y mantuviese a los demás al tanto de sus andanzas. Pude lograrlo obteniendo el cargo de institutriz dentro de la familia. Él estaba lejos de pensar que la mujer que tenía que enfrentarse con él a las horas de comer era la misma a cuyo marido había lanzado a la eternidad con solo una hora de tiempo para prepararse. Yo le sonreía, cumplía con mis obligaciones para con sus hijas, y esperaba mi momento. Se atentó contra él en París, pero la tentativa fracasó. Viajábamos en rápido *zigzag* de aquí para allá por toda Europa, para despistar a nuestros perseguidores, hasta que regresamos a esta casa, que él tenía alquilada desde que llegó por vez primera a Inglaterra.

»Pero también aquí le esperaban los ejecutores de la justicia. Sabiendo que él volvería, le aguardaba aquí García, hijo del que fue alto dignatario de San Pedro. Le aguardaba con dos compañeros leales, gente humilde, pero animados los tres por idénticos motivos de venganza. Poco era lo que García podía realizar en pleno día, porque Murillo adoptaba toda clase de precauciones, y jamás salía como no fuese acompañado de su satélite Lucas, o sea López, que era como se llamaba en los tiempos de su grandeza. Sin embargo, Murillo dormía solo, y el vengador podía llegar hasta él durante la noche. Una tarde, fijada de antemano, envié a mi amigo las instrucciones finales, porque Murillo vivía siempre alerta, y cambiaba constantemente de habitación. Yo me cuidaría de que las puertas estuviesen abiertas; una luz verde o blanca, en una ventana que caía frente al paseo de entrada, le advertiría si todo estaba en regla, o si era preciso postergar la empresa.

»Pero todo se nos torció. Yo no sé cómo, pero lo cierto es que había despertado los recelos de López, el secretario. Cuando yo acababa de escribir la carta, se me acercó furtivamente por detrás y saltó sobre mí. Él y su amo me llevaron a rastras a mi habitación, y me sentenciaron como reo convicto de traición. En aquel mismo instante me habrían clavado sus cuchillos, si hubiesen visto la manera de salvarse de las consecuencias de su crimen. Por último, y después de un largo debate, llegaron a la conclusión de que asesinarme resultaba demasiado peligroso. Pero decidieron desembarazarse para siempre de García. Me amordazaron, y Murillo me retorció el brazo hasta arrancarme la dirección de aquel. Juro que, de haber sabido yo lo que proyectaba contra García, me lo habría dejado arrancar antes de hacer lo que hice. López escribió el sobre para la carta que yo había escrito, lo lacró sellándolo con un gemelo de su camisa, y envió la carta por mando de su criado José. Ignoro de qué modo lo asesinaron, salvo que fue la mano de Murillo la que descargó el golpe que lo derribó, porque López había quedado aquí manteniéndome bajo guardia. Me imagino que le esperaron entre los matorrales de aliagas que bordean el camino y que le golpearon cuando él pasaba. Al principio tuvieron el propósito de dejarle entrar en la casa, para matarlo como a un vulgar ladrón sorprendido *in fraganti;* pero se dijeron que si se veían mezclados en una investigación policíaca, se descubriría públicamente su verdadera personalidad y se expondrían con ello a nuevas agresiones. Quizá la persecución cesase con la muerte de García, que asustaría a los demás, haciéndoles renunciar a su empeño.

»Todo les habría ido bien, si yo no hubiese sabido lo que ellos habían hecho. Estoy segura de que hubo momentos en que mi vida estuvo pendiente de un hilo.

»Fui confinada dentro de mi habitación, me aterrorizaron con las amenazas más horribles, me maltrataron de una manera cruel para quebrantar mi espíritu... miren este corte en mi hombro y los magullamientos que tengo en los brazos... y en una ocasión en que yo traté de pedir socorro desde la ventana, me amordazaron. Este cruel encarcelamiento se prolongó durante cinco días, durante los cuales me dieron el alimento estrictamente preciso para mantener mi vida. Esta tarde me sirvieron un buen almuerzo, pero en cuanto lo comí, me di cuenta de que me habían suministrado una droga. Recuerdo como en sueños que medio me condujeron medio me transportaron, al coche; en ese mismo estado de inconsciencia me trasladaron al tren. Solo entonces, casi cuando ya empezaban a moverse las ruedas, me di cuenta de que mi libertad estaba en mis propias manos. Salté fuera, ellos intentaron arrastrarme atrás, y de no haber sido por la ayuda de este buen hombre que me llevó hasta el coche, no habría conseguido huir de ellos. Ahora, gracias a Dios, estoy ya siempre fuera de su alcance.»

Todos habíamos escuchado con la mayor atención este extraordinario relato, y fue Holmes quién rompió el silencio moviendo la cabeza y diciendo:

—Todavía no hemos vencido las dificultades que se nos presentaban. Nuestra labor policíaca termina, pero ahora empieza nuestra labor justiciera.

—Exactamente —le contesté yo—. Un abogado inteligente podría presentar el caso como acto de legítima defensa. Quizá esos hombres tienen sobre sus espaldas un centenar de crímenes, pero solo pueden ser juzgados por este de ahora.

—Vamos, vamos —dijo Baynes, alegremente—: yo tengo una idea mejor que esa de la justicia. La legítima defensa es una cosa, y atraer a un hombre con engaños es otra muy diferente. Aunque viesen en ese hombre un peligro para ellos. No y no. Cuando veamos en la próxima sesión de lo criminal ante el Jurado de Guilford, a los inquilinos de High Gable, veremos todos nosotros justificada nuestra acción.

Sin embargo, es cosa del dominio de la historia el que tuvo que pasar todavía algún tiempo antes que el *Tigre de San Pedro* recibiese su merecido. Astutos y audaces, él y su acompañante despistaron a su perseguidor de ahora, penetrado en una casa de huéspedes de Edmonton Street y saliendo por una puerta trasera que daba a Curzon Square. Desde ese día ya no se les volvió a ver en Inglaterra. Pero seis meses después fueron asesinados cierto señor Marqués de Montalba y el señor Rully, secretario suyo, en sus habitaciones del hotel Escorial, de Madrid. El crimen se atribuyó a los nihilistas, y no se logró detener a los asesinos. El inspector Baynes vino de visita a Baker Street con una descripción impresa de la morena cara del secretario y de las facciones dominadoras, los ojos magnéticos y las cejas tupidas de su señor. No pudimos dudar de que se había hecho justicia, a pesar de que esta se hubiese retrasado.

—Ha sido un caso caótico, mi querido Watson —dijo Holmes, mientras fumaba la pipa de la velada—. No le será posible a usted presentarlo de forma apretada por la que siente tanto cariño. Abarca dos continentes, se relaciona con dos grupos distintos de personas misteriosas, y se complica aún más con la presencia altamente respetable de nuestro amigo Scott Eccles, cuya inclusión me demuestra que el difunto García era hombre de cerebro calculador, y que tenía bien desarrollado el instinto de su propia conservación. Lo único notable del caso es que, entre una completa maraña de posibilidades, nosotros y nuestro digno colaborador, el inspector Baynes, supimos mantenernos pegados a las líneas esenciales, guiándonos de ese modo por el sendero lleno de retorcimientos y de zigzagueos. ¿Hay todavía en el caso algún detalle que usted no vea claro?

—¿Qué es lo que iba buscando el mulato cuando volvió a la casa?

—Yo creo que puede explicárnoslo el extraño animal que hallamos en la cocina. Aquel hombre era un salvaje primitivo de las selvas inexploradas de San Pedro, y ese animal era su fetiche. Cuando él y su compañero huyeron para esconderse en algún lugar previamente señalado y en el que vivía, sin duda alguna, otro confederado suyo, su compañero le convenció de que debía abandonar un objeto tan comprometedor. Pero el mulato tenía puesto en él su corazón, y al día siguiente se sintió arrastrado hacia el mismo; pero, al mirar previamente por la ventana, descubrió al agente de policía Walters, que se había hecho cargo de la casa. Aguardó tres días más, y su fe o superstición lo arrastraron hacia allí otra vez. El inspector Baynes que, con su astucia habitual, había quitado importancia al incidente delante de mí, se había dado verdaderamente cuenta de la importancia que tenía y montó una trampa en la que cayó aquel individuo. ¿Hay algún otro punto dudoso, Watson?

—El ave despedazada, el cubo de sangre, los huesos chamuscados, el misterio todo de aquella sorprendente cocina.

Holmes se sonrió, al mismo tiempo que consultaba una nota en su cuaderno.

—Me pasé una mañana en el Museo Británico leyendo este y algunos otros puntos. He aquí una acotación del libro de Eckermann. *El vudú y las religiones africanas:*

«El verdadero creyente en el vudú no acomete ninguna empresa de importancia sin antes realizar determinados sacrificios que tienen por finalidad el hacerse propicios a sus sucios dioses. En casos extremos, esos ritos toman la forma de sacrificios humanos seguidos de actos canibalescos. Pero lo más corriente es que las víctimas sean un gallo blanco, que es despedazado vivo, o un chivo negro, al que se corta el cuello y cuyo cuerpo se quema luego.»

—Ya puede ver que nuestro amigo era un hombre inflexible a la hora de cumplir sus ritos. Es algo grotesco, Watson —agregó Holmes, al tiempo que cerraba su libro de notas—. Y como ya lo hemos visto, es muy poco lo que separa a lo grotesco de lo horripilante.

2. El círculo rojo

Capítulo I

—Está bien, señora Warren, no tiene por qué estar preocupada, ni tampoco veo la necesidad de mis servicios y debería ocuparme de otras cosas—. Eso dijo Sherlock Holmes, y revisando su libro de alta premura.

La patrona era muy astuta y siguió argumentando su posición:

—El año pasado usted ayudó a un huésped mío —dijo—, el señor Fairdale Hobbs.

—Ah, sí; fue algo sencillo.

—Él siempre habla de su amabilidad, señor Holmes, y de cómo arrojó luz sobre las tinieblas. Al momento de encontrarme entre brumas y dudas recordé sus palabras. Sé que usted podría si quisiera.

Holmes era accesible por el lado de la adulación y también, para hacerle justicia, por el lado de la benevolencia. Las dos fuerzas le hicieron dejar el pincel de la goma con un suspiro de resignación y echar atrás su asiento.

—Bueno, bueno, señora Warren, hablemos sobre eso, entonces. Supongo que le molesta que fume. Gracias, Watson, ¡los fósforos! Está usted inquieta, según entiendo, porque su nuevo huésped permanece en sus habitaciones y usted no le puede ver. Bueno, señora Warren, si yo fuera su huésped muchas veces no me vería durante varias semanas.

—No lo dudo, señor Holmes, pero esto es diferente. Me da pánico; no puedo dormir de miedo. Oír sus rápidos pasos, moviéndose de acá para allá desde la madrugada hasta altas horas de la noche, y sin embargo no ver ni un atisbo de él..., es más de lo que puedo soportar. Mi marido está tan nervioso con eso como yo, pero él pasa fuera todo el día en su trabajo, mientras que yo no tengo descanso, ¿Por qué se esconde? ¿Qué ha hecho? Salvo por la chica, estoy sola en casa todo el día con él, y es algo que mis nervios no pueden aguantar.

Holmes se inclinó hacia delante y puso sus largos y flacos dedos en el hombro de la mujer. Tenía un poder tranquilizador casi hipnótico cuando lo deseaba. El susto se desvaneció de los ojos de ella, y sus agitados rasgos volvieron a su habitual estado. Se sentó en la silla que él le indicaba.

—Si lo tomo, debo conocer todos sus detalles —dijo él—. Tómese tiempo para considerarlo. El punto más pequeño puede ser esencial. ¿Dice usted que el hombre llegó hace diez días, y le pagó una quincena de pensión y alimentación?

—Preguntó mis condiciones, señor Holmes. Dije que cincuenta chelines por semana. Hay un pequeño gabinete y una alcoba, todo completo, en lo más alto de la casa.

—¿Y bien?

—Dijo: «Le pagaré cinco libras por semana si lo puedo tener en mis propios términos.» Yo soy pobre, señor Holmes, y mi marido gana poco, y el dinero es muy importante para mí. Sacó un billete de diez libras, y lo extendió hacia mí allí mismo. «Puede recibir lo mismo cada quincena durante mucho tiempo si cumple mis condiciones», dijo. «Si no, no tendré que ver más con usted.»

—¿Cuáles eran las condiciones?

—Pues bien, señor Holmes, que tenía que tener una llave de la casa. Eso estaba muy bien. Los huéspedes muchas veces la tienen. También, que había que dejarle completamente solo, sin molestarle nunca, bajo ninguna excusa.

—Nada extraño en eso, ¿verdad?

—De un modo razonable, no, señor. Pero esto está fuera de toda razón. Lleva allí diez días y ni mi marido, ni yo, ni la chica le hemos puesto los ojos encima una sola vez. Podemos oír sus rápidos pasos dando vueltas de un lado para otro, por la noche, de madrugada, a mediodía; pero, salvo esa primera noche, nunca ha salido de la casa ni una vez.

—Ah, salió la primera noche, ¿no?

—Sí, señor, y volvió muy tarde..., cuando ya todos estábamos en la cama. Me dijo, después de tomar las habitaciones, que lo haría así, y me pidió que no pusiera la barra en la puerta. Le oí subir las escaleras pasada la medianoche.

—Pero ¿y sus comidas?

—Dio instrucciones especiales de que siempre, cuando llamara, debíamos dejar su comida en una silla, fuera de la habitación. Luego vuelve a llamar cuando ha terminado, y la cogemos de la misma silla. Si quiere alguna cosa, lo pone en letras de molde en un papel y lo deja.

—¿En letras de molde?

—Sí, señor; en letras de molde a lápiz. Solo la palabra; nada más. Aquí tiene uno que le he traído: «JABÓN». Aquí hay otro: «FÓSFORO». Este es el que dejó esta mañana: «DAILY GAZETTE». Le dejo ese periódico con el desayuno todas las mañanas.

—Caramba, Watson —dijo Holmes, mirando con gran curiosidad las tiras de papel de barba que le había entregado la patrona—: esto sí que es un poco raro. El encierro lo puedo entender, pero ¿por qué en letras de molde? Es un procedimiento un poco complicado. ¿Por qué no escribir normalmente? ¿Qué sugeriría, Watson?

—Que deseara ocultar su letra.

—Pero ¿por qué? ¿Qué puede importarle que su patrona tuviera una palabra en su letra? Sin embargo, quizá sea lo que dice usted. Pero entonces, ¿por qué unos mensajes tan lacónicos?

—No tengo ni idea.

—Esto abre un placentero campo a la especulación inteligente. Las palabras están escritas con un lápiz de clase nada rara, de punta ancha y color violeta. Observará que el papel está roto aquí, por el lado, después de escribir, de modo que parte de la J de Jabón se ha perdido. Sugerente, Watson, ¿verdad?

—Denota precaución.

—Exactamente. Está claro que había alguna señal, alguna marca del pulgar, algo que pudiera dar una clave sobre la identidad de la persona. Bueno, señora Warren, dice usted que el hombre era de tamaño mediano, moreno y barbudo. ¿Qué edad tendría?

—Joven, señor; no más de treinta años.

—Bueno, ¿no me puede dar algún otro dato?

—Hablaba un buen inglés, y sin embargo pensé que era extranjero por su acento.

—¿Iba bien vestido?

—Muy bien vestido..., un caballero. Ropa oscura, nada que llamara la atención.

—¿No dio nombre?

—No, señor.

—¿Y no ha tenido cartas o visitantes?

—Nada.

—Pero sin duda, usted o la chica entran en su cuarto por la mañana.

—No, señor; él cuida de sí mismo.

—¡Vaya!, eso sí que es notable. ¿Y su equipaje?

—Llevaba una sola maleta, grande, oscura... nada más.

—Bueno, no veo que tengamos mucho material que nos sirva. ¿Dice usted que nada ha salido de ese cuarto..., absolutamente nada?

La patrona sacó un envoltorio de su bolso; de él, sacudió dos fósforos quemados y una colilla de cigarrillo, y los hizo caer en la mesa.

—Estaban en su bandeja esta mañana. Los traje porque había oído que usted sabe leer grandes cosas en cosas pequeñas.

—Aquí no hay nada —dijo—. Los fósforos, desde luego, se han usado para encender cigarrillos. Eso se ve en lo corto del lado quemado. Encendiendo una pipa o un cigarro se consume la mitad. Pero ¡caramba!, esta colilla es verdaderamente notable. ¿Dice usted que el caballero tenía barba y bigote?

—Sí, señor.

—No lo entiendo. Yo diría que solo un hombre afeitado del todo podía haber fumado esto. Bueno, Watson, incluso su modesto bigote habría sufrido quemaduras.

—¿Una boquilla? —sugerí.

—No, no; el extremo está aplastado. Supongo que no podría haber dos personas en sus habitaciones, señora Warren.

—No, señor. Come tan poco, que muchas veces me extraña que pueda conservar la vida de una sola persona.

—Bueno, creo que debemos esperar a tener un poco más de material. Después de todo, usted no tiene de qué quejarse. Ha recibido su renta, y no es un huésped molesto, aunque ciertamente es raro. Paga bien, y si decide vivir oculto, no es asunto que le incumba directamente a usted. No tenemos excusa para invadir su vida privada mientras no tengamos razones para pensar que hay un motivo culpable. Yo acepto el asunto y no lo perderé de vista. Infórmeme si ocurre algo nuevo, y confíe en mi asistencia si hace falta.

—Ciertamente hay algunos puntos de interés en este caso, Watson —observó, cuando se marchó la patrona—. Claro que quizá sea trivial, una excentricidad individual; o quizá sea mucho más profundo de lo que parece a primera vista. Lo primero que se le ocurre a uno es la posibilidad obvia de que la persona que está ahora en las habitaciones sea diferente de la que las tomó.

—¿Por qué piensa eso?

—Bueno, aparte de esta colilla, ¿no resulta curioso que la única vez que salió el huésped fuera inmediatamente después de alquilar las habitaciones? Volvió, o alguien volvió, cuando todos los testigos estaban alejados. No tenemos pruebas de que la persona que volvió fuera la que salió. Luego, además, el hombre que tomó las habitaciones hablaba bien el inglés. Este otro, en cambio, escribe «fósforo» cuando debía ser «fósforos». Puedo imaginar que sacó la palabra de un diccionario, que da el sustantivo, pero no el plural, el estilo lacónico puede ser para ocultar la falta de conocimiento del inglés. Sí, Watson, hay buenas razones para sospechar que ha habido una sustitución de huéspedes.

—Pero ¿con que posible fin?

—¡Ah!, ahí está nuestro problema. Hay una sola línea evidente de investigación —bajó el gran libro en que, día tras día, ordenaba los anuncios personales de los diversos diarios de Londres—. ¡Válgame Dios! —dijo, pasando las hojas—, ¡qué coro de gemidos, gritos y balidos! ¡Qué mezcla de sucesos extraños! Pero sin duda es el terreno de caza más valioso que le ha sido dado nunca a un estudioso de lo insólito. Esta persona está sola, y no se la puede abordar por carta sin romper el absoluto secreto que se desea. ¿Cómo le va a llegar de fuera una noticia o un mensaje? Obviamente, por un anuncio en un periódico. No parece haber otro camino, y por suerte solo tenemos que ocuparnos de un periódico. Aquí están los recortes de la *Daily Gazette* de la última quincena: «*Señora con boa negro en el club de Patinaje del Príncipe*», eso lo podemos pasar. «*Sin duda Jimmy no le partirá el corazón a su madre*»; esto parece que no viene a cuento. «*Si la señora que se desmayó en el autobús de Brixton*»..., no me interesa. «*Todos los días mi corazón suspira...*» Un balido, Watson, un balido sin disimulo. ¡Ah! esto es un poco más probable: «*Ten paciencia. Encontraré algún medio de comunicación. Mientras tanto lee, esta columna. G.*» Esto es dos días después de que llegara el huésped de la señora Warren. Parece plausible, ¿no? El misterioso ser podría entender inglés aunque no pudiera escribirlo. Vamos a ver si encontramos otra vez el rastro. Sí, aquí estamos, tres días después. «*Estoy arreglando las cosas. Paciencia y prudencia. Pasará la nube. G.*» Nada en una semana después de esto. Luego viene algo mucho más claro: «*El camino se despeja. Si encuentro oportunidad de mensaje por señales recuerda código convenido; uno A, dos B, etcétera. Pronto sabrás. G.*» Eso estaba en el periódico de ayer, y no hay nada en el de hoy. Todo esto concuerda bastante con el huésped de la señora Warren. Si esperamos un poco, Watson, no dudo que el asunto se hará más comprensible.

Y así que: pues por la mañana encontré a mi amigo de pie, ante la chimenea, de espaldas al fuego y con una sonrisa de completa satisfacción en la cara.

—¿Qué tal esto, Watson? —exclamó, tomando el periódico de la mesa—. «*Casa alta roja con molduras de piedra blanca. Tercer piso. Segunda ventana a la izquierda. Después del oscurecer. G.*» Eso está bastante claro. Creo que después de desayunar debemos hacer una pequeña exploración del barrio de la señora Warren. Ah, señora Warren, ¿qué noticias nos trae esta mañana?

Nuestra cliente había irrumpido en el cuarto con una energía explosiva, que prometía algún acontecimiento nuevo e importante.

—¡Es asunto para la policía, señor Holmes! —exclamó—. ¡No quiero saber nada más de esto! Que se marche con su equipaje. Iba a subir a decírselo sin más, solo que pensé que era mejor pedir primero su opinión. Pero mi paciencia ha llegado a su límite, y cuando se llega a golpear al marido de una...

—¿Golpear al señor Warren?

—En todo caso, tratarle mal.

—Pero ¿quién le ha tratado mal?

—¡Ah! ¡Eso es lo que queremos saber! Fue esta mañana, señor Holmes. Mi marido es cronometrador en Morton y Waylight's, en Tottenham Court Road. Tiene que salir de casa antes de las siete. Pues bien, esta mañana, no había dado diez pasos en la calle cuando dos hombres le fueron por detrás, le echaron un abrigo por la cabeza y le metieron en un coche de punto que estaba junto a la acera. Le llevaron una hora en el coche, y luego abrieron la puerta y le arrojaron fuera. Se quedó en la calzada tan trastornado que no vio qué se hacía del coche. Cuando pudo dominarse, se dio cuenta de que estaba en Hampstead Heath; así que tomó un ómnibus hasta casa, y ahí está, tumbado en el sofá, mientras yo venía en seguida a contarle lo que ha pasado.

—Muy interesante —dijo Holmes—. ¿Observó el aspecto de esos hombres?, ¿les oyó hablar?

—No, está aturdido. Solo sabe que le arrebataron como por arte de magia y le dejaron caer del mismo modo. Había por lo menos dos en el asunto, o quizá tres.

—¿Y usted relaciona este ataque con su huésped?

—Bueno, llevamos viviendo ahí quince años y nunca nos ha ocurrido nada semejante. Ya estoy harta de él. El dinero no lo es todo. Le haré salir de mi casa antes que termine el día.

—Espere un poco, señora Warren. No se precipite. Empiezo a creer que este asunto puede ser mucho más importante de lo que parecía a simple vista. Ahora está claro que algún peligro amenaza a su huésped. Está igualmente claro que sus enemigos, acechando en su espera junto a su puerta, le confundieron con su marido en la luz neblinosa de la mañana. Al descubrir su error, le soltaron. Qué habrían hecho si no hubiera sido un error, solo podemos hacer conjeturas.

—¿Qué tengo que hacer, señor Holmes?

—Tengo muchas ganas de ver a ese huésped suyo, señora Warren.

—No veo cómo pueda conseguirlo, a no ser que eche abajo la puerta. Siempre le oigo quitar la llave mientras bajo la escalera después de dejar la bandeja.

—Tiene que meter la bandeja. Sin duda podríamos ocultarnos y verle actuar.

—Bueno, señor, enfrente está el cuarto de los baúles. Podría poner un espejo, quizá, y si usted estuviera detrás de la puerta...

—¡Excelente! —dijo Holmes—. ¿A qué hora almuerza?

—Hacia la una, señor Holmes.

—Entonces, el doctor Watson y yo nos daremos una vuelta. Por el momento, señora Warren, adiós.

A las doce y media estábamos en la entrada de la casa de la señora Warren, un edificio alto, estrecho, de ladrillo amarillo, en Great Orme Street, estrecho pasadizo al nordeste del British Museum. Como queda cerca de la esquina de la calle, domina Howe Street, con sus casas más pretenciosas. Holmes señaló con una risita una de ellas, una serie de pisos residenciales, que se destacaba tanto que no podía menos de llamar la atención.

—¡Vea, Watson! —dijo—. «Casa alta, roja, con molduras de piedra.» Esa es la estación de señales, sin duda. Conocemos el lugar y conocemos el código; nuestra tarea debería ser simple. Hay en esa ventana un rótulo de «Se Alquila». Evidentemente es un piso vacío al que tiene acceso el cómplice. Bueno, señora Warren, ¿qué más?

—Lo tengo todo preparado. Si suben y dejan las botas en el descansillo, les llevaré allí en seguida.

Era un escondite excelente el que había arreglado. El espejo estaba puesto de tal modo que, sentados en la oscuridad, podíamos ver claramente la puerta de enfrente. Apenas nos habíamos instalado allí, y se había marchado la señora Warren cuando un claro campanilleo nos hizo saber que llamaba nuestro misterioso vecino. Al fin apareció la patrona con la bandeja, la dejó en una silla junto a la puerta cerrada, y luego, pisando pesadamente, se marchó. Acurrucados en el ángulo de la puerta, manteníamos los ojos fijos en el espejo. De repente, mientras dejaban de oírse los pasos de la patrona, hubo un rechinar de la llave, giró el pestillo, y dos manos delgadas salieron disparadas y levantaron la bandeja de la silla. Un momento después la volvían a poner, y vi un atisbo de una cara morena, hermosa, horrorizada, que miraba fijamente a la estrecha apertura del cuarto de los baúles. Luego, la puerta se cerró de golpe, la llave volvió a girar, y todo fue silencio. Holmes me tiró de la manga y nos deslizamos juntos escaleras abajo.

—Volveré a verla esta noche —dijo a la expectante patrona—. Creo, Watson, que podremos discutir mejor este asunto en nuestra propia residencia.

—Mi sospecha, como ha visto, ha resultado ser correcta —dijo él luego, hablando desde las profundidades de su butaca—. Ha habido una sustitución de huéspedes. Lo que no advertí es que encontráramos una mujer, y una mujer nada corriente, Watson.

—Ella nos vio.

—Bueno, vio algo que la alarmó. Eso es seguro. La sucesión general de acontecimientos está bastante clara, ¿verdad? Una pareja busca en Londres refugio contra un peligro terrible y muy apremiante. La medida de ese peligro es el rigor de sus precauciones. El hombre, que tiene algún trabajo que hacer, desea dejar a la mujer en absoluta seguridad mientras lo hace. No es un problema fácil, pero lo ha resuelto de modo original, y tan eficazmente que la presencia de ella no era conocida ni por la patrona que le da su alimento. Los mensajes en letras de molde está claro que eran para evitar que su letra revelara su sexo. El hombre no puede acercarse a la mujer, pues guiaría a sus enemigos hacia ella. Como no puede comunicarse con ella directamente, recurre a los anuncios personales de un periódico. Hasta ahí, todo está claro.

—Pero ¿qué hay en la base de todo?

—Ah, sí, Watson: ¡severamente práctico, como de costumbre! ¿Qué hay en la base de todo? El caprichoso problema de la señora Warren se ensancha un poco y toma un aspecto más siniestro conforme avanzamos. Esto sí que lo puedo asegurar: no es una escapada amorosa corriente. Ya vio la cara de la mujer ante las señales de peligro. Hemos sabido también del ataque contra el patrón, que sin duda iba contra el huésped. Estas alarmas, y la desesperada necesidad de secreto, indican que el asunto es de vida o muerte. El ataque contra el señor Warren hace pensar además que el enemigo, quienquiera que sea, no se ha dado cuenta de la sustitución del huésped masculino por el femenino. Es todo muy curioso y complejo, Watson.

—¿Por qué se va a meter más en ello? ¿Qué puede sacar de eso?

—¿Por qué, en efecto? Es el Arte por el Arte, Watson. Supongo que cuando usted se doctoró se encontró estudiando casos sin pensar en los honorarios, ¿no?

—Para mi educación, Holmes.

—La educación no se termina nunca, Watson. Es una serie de lecciones, de las cuales las más instructivas son las últimas. Este es un caso instructivo. No hay en él dinero ni prestigio, y sin embargo a uno le gustaría ponerlo en claro. Cuando anochezca nos deberíamos hallar en una etapa más avanzada de nuestra investigación.

Cuando volvimos a casa de la señora Warren, la oscuridad de un anochecer invernal de Londres se había espesado en una cortina gris, en una muerta monotonía de color, rota solo por los nítidos cuadrados amarillos de las ventanas y los halos borrosos de los faroles de gas. Atisbando desde el salón oscurecido de la pensión, otra pálida luz brilló, alta, en la oscuridad.

—Alguien se mueve en ese cuarto —dijo Holmes, en un susurro, con su rostro demacrado y ansioso tendido hacia el cristal—. Sí, veo su sombra. ¡Ahí está otra vez! Tiene una vela en la mano. Ahora escudriña al otro lado. Quiere estar seguro de que ella está alerta. Ahora empieza a destellar. Tome el mensaje usted también, Watson, que lo confrontaremos uno con otro. Un único destello, eso es A, sin duda. Bueno, ahora. ¿Cuántos ha contado? Veinte. Yo también. Seguro que ese es el comienzo de otra palabra. Ahora -TENTA. Se acabó. ¿Puede ser eso todo, Watson? ATTENTA no tiene sentido. Ni vale en tres palabras: AT-TEN-TA. ¡Ahí va otra vez! ¿Qué es eso? ATTE... vaya, el mismo mensaje otra vez. ¡Curioso, Watson, muy curioso! Ahora empieza otra vez: AT... vaya, lo repite por tercera vez. ¡ATTENTA tres veces! ¿Cuántas veces lo va a repetir? No, parece que sea el final. Se ha retirado de la ventana. ¿Qué piensa de eso, Watson?

—Un mensaje en clave, Holmes.

Mi compañero lanzó una súbita risa de comprensión.

—Y no es muy difícil de descifrar, Watson —dijo—. ¡Vaya, claro, es italiano! El mensaje va dirigido a una mujer: «¡Atenta! ¡Ten cuidado!» ¿Qué piensa, Watson?

—Creo que ha acertado.

—Sin duda. Es un mensaje muy urgente, repetido tres veces para hacerlo aún más apremiante; ¿atenta a qué? Espere un poco; otra vez vuelve a la ventana.

Al renovarse las señales, vimos otra vez la vaga silueta de un hombre acurrucado y el fulgor de la pequeña llama por la ventana. Eran más frecuentes que antes; tanto que era difícil seguirlas.

—«PERICOLO». ¿Eh, qué es eso, Watson? «Peligro», ¿verdad? Sí, es una señal de peligro. Ahí va otra vez. Hola, qué demonios pasa...

La luz se había extinguido de repente, había desaparecido el cuadrado luminoso de la ventana, y el tercer piso formaba una banda oscura en torno al alto edificio, con sus filas de ventanas brillantes. El último grito de aviso había quedado cortado de pronto. ¿Cómo, y por quién? En el mismo instante se nos ocurrió la misma idea. Holmes se levantó de un salto del lugar donde estaba acurrucado, junto a la ventana.

—Esto es serio, Watson —exclamó—. Hay algo diabólico en marcha. ¿Por qué iba a detenerse tal mensaje a medio camino? Yo pondría a Scotland Yard en contacto con este asunto... pero es demasiado apremiante para que nos marchemos.

—¿Voy a llamar a la policía?

—Hay que definir la situación un poco mejor. Quizás la respuesta es más inocente de lo que pensamos. Vamos, Watson, vamos al otro lado a ver qué averiguamos.

Capítulo II

De camino por Howe Street vi la sombra de una cabeza en la ventana más alta del edificio que había dejado atrás, me pareció que era una mujer. En la puerta de los pisos de Howe Street, un hombre estaba apoyado en el enrejado. Se sobresaltó cuando nos vio a ver.

—¡Holmes! —gritó.

—¡Vaya, Gregson! —dijo mi compañero, dando la mano al detective de Scotland Yard—. Fin del viaje con encuentro de enamorados. ¿Qué le trae por aquí?

—Lo mismo que a usted, espero —dijo Gregson—. ¿Cómo ha llegado usted a esto?, no puedo imaginarlo.

—Diferentes hilos, pero que llevan al mismo enredo. He estado recibiendo las señales.

—¿Las señales?

—Sí, desde esa ventana. Se interrumpieron a la mitad. Pasamos acá a ver por qué razón. Pero puesto que está a salvo en sus manos, no veo de qué sirve continuar el asunto.

—¡Espere un poco! —gritó Gregson, con empeño—. Le he de hacer justicia, señor Holmes; nunca he tenido un caso en que no me sintiera más fuerte por contar con usted a mi lado. Hay solo una salida de estos pisos, así que le tenemos seguro.

—¿Quién es él?

—Bueno, bueno, por una vez le llevamos ventaja, señor Holmes. Tiene que reconocernos como mejores esta vez.

—Golpeó fuertemente el suelo con el bastón, a lo cual un cochero de punto, látigo en mano, se acercó desde un coche de cuatro ruedas en que estaba al otro lado de la calle—. Este es el señor Leverton, de la Agencia American Pinkerton's.

—¿El héroe del misterio de la cueva de Long Island? —dijo Holmes—. Encantado de conocerle.

El americano, un joven tranquilo, con aire práctico, y de cara afilada y bien afeitada, se ruborizó ante esas palabras de elogio.

—Estoy sobre la pista de mi vida, señor Holmes —dijo—. Si puedo encontrar a Gorgiano...

—¡Cómo! ¿Gorgiano el del Círculo Rojo?

—Ah, ¿tiene fama en Europa, entonces? Bueno, en América lo sabemos todo de él. Sabemos que está en la base de cincuenta asesinatos, y sin embargo no tenemos nada positivo con que cazarle. Voy detrás de él desde Nueva York, y le he seguido de cerca durante una semana en Londres, esperando alguna excusa para echarle la mano al cuello. El señor Gregson y yo le hemos acorralado en esa gran casa de pisos, y hay solo una puerta, así que no se nos puede escapar. Han salido tres personas desde que entró, pero juraría que no era ninguna de ellas.

—El señor Holmes habla de señales —dijo Gregson—. Espero que, como de costumbre, sepa cosas que nosotros no sabemos.

En pocas palabras, Holmes explicó la situación tal como nos ha aparecido. El americano dio una palmada, consternado.

—¡Va contra nosotros! —exclamó.

—¿Por qué lo cree así?

—Bueno, eso parece, ¿no? Ahí está, enviando mensajes a un cómplice; hay en Londres varios de su banda. Luego, de repente, cuando, según lo que cuenta, les decía que había peligro, se interrumpió. ¿Qué podía significar eso sino que desde la ventana había visto que estábamos en la calle, o que había comprendido lo cerca que estaba el peligro, y que debía actuar en seguida para evitarlo? ¿Qué sugiere, señor Holmes?

—Que subamos en seguida y lo veamos con nuestros propios ojos.

—Pero no tenemos orden de detención.

—Está el local desalquilado en circunstancias sospechosas —dijo Gregson—. Eso basta por el momento. Una vez que lo tengamos sujeto ya veremos si Nueva York puede o no ayudarnos a retenerle. Yo asumiré la responsabilidad de detenerle ahora.

Nuestros detectives oficiales pueden fallar en cuestión de inteligencia, pero nunca de valentía. Gregson subió por la escalera para detener a ese asesino desesperado, con el mismo aire absolutamente tranquilo y de negocios con que habría subido la escalera de Scotland Yard. El agente de Pinkerton había tratado de adelantársele de un empujón, pero Gregson le echó atrás firmemente con el codo. Los peligros de Londres son privilegio de la policía de Londres.

En el tercer descansillo, la puerta del piso de la izquierda estaba entreabierta. Gregson la abrió de un empujón. Dentro, todo era silencio y oscuridad. Encendí un fósforo, y prendí la linterna del detective. Cuando el chisporroteo se afirmó en una llama, todos lanzamos un grito de sorpresa. En las tablas del suelo sin alfombra se destacaba una reciente traza de sangre. Los pasos ensangrentados apuntaban hacia nosotros, y salían de un cuarto interior, cuya puerta estaba cerrada. Gregson la abrió de una sacudida y sostuvo por delante la luz, mientras todos escudriñábamos ansiosos sobre sus hombros.

En medio del suelo del cuarto vacío apareció la figura de un hombre enorme, con su cara morena y bien afeitada contorsionada de modo grotesco y horrible, y con la cabeza rodeada por un espectral halo carmesí de sangre, tendido en un ancho círculo mojado sobre las blancas tablas. Tenía las rodillas enhiestas y las manos extendidas con angustia, y del centro de su ancha garganta morena, levantada hacia arriba, surgía el mango blanco de un cuchillo con toda la hoja metida en su cuerpo. Gigantesco como era, el hombre debía haber caído como un buey en el matadero bajo ese terrible golpe. Junto a su mano derecha, había en el suelo un tremendo puñal de doble filo y mango de cuerno, y al lado, un guante negro de cabritilla.

—¡Caramba! ¡Es Gorgiano el Negro en persona! —exclamó el detective americano—. Alguien se nos ha adelantado esta vez.

—Ahí está la vela en la ventana, señor Holmes —dijo Gregson—. Pero ¿qué hace?

Holmes había ido al otro lado de la habitación, había encendido la vela, y la estaba moviendo de un lado a otro a través de los cristales de la ventana. Luego atisbo en la oscuridad, apagó la vela de un soplo, y la tiró al suelo.

—Creo más bien que eso será útil —dijo. Se acercó y se quedó profundamente pensativo, mientras los dos profesionales examinaban el cadáver—. Dice usted que tres personas más salieron de la casa mientras usted esperaba abajo —dijo, por fin—. ¿Las observó bien?

—Sí.

—¿Había un hombre de unos treinta años, de barba negra, moreno, de tamaño mediano?

—Sí, fue el último en pasar delante de mí.

—Ese es su hombre, me parece. Puedo darle su descripción, y tenemos un excelente perfil de su huella. Eso debería bastarle.

—No es mucho, señor Holmes, entre los millones de habitantes de Londres.

—Quizá no. Por eso me pareció lo mejor convocar a esta señora en su ayuda.

Nos volvimos todos ante esas palabras. Allí, enmarcada en el umbral, había una mujer alta y bella: la misteriosa huésped de Bloomsbury. Avanzó lentamente, con la cara pálida y tensa a causa del terrible temor, los ojos fijos, y su mirada aterrorizada clavada en la oscura figura tendida en el suelo.

—¡Le han matado! —murmuró—. ¡Oh, *Dios mío,* le han matado!

Entonces oí que tomaba aliento, profundamente, y dio un salto con un grito de alegría. Dando vueltas al cuarto, danzó dando palmadas, con sus ojos oscuros fulgurando en asombro, felicidad, y con mil bonitas exclamaciones italianas en los labios. Era terrible y sorprendente ver a tal mujer tan convulsa de alegría ante semejante espectáculo. De repente se detuvo y nos miró con ojos interrogantes.

—¡Pero ustedes! ¡Ustedes son de la policía! ¿no es verdad? Ustedes han matado a Giuseppe Gorgiano. ¿No es verdad?

—Somos de la policía, señora.

Miró a su alrededor, a las sombra del cuarto.

—Pero entonces, ¿dónde está Gennaro? —preguntó—. Es mi marido, Gennaro Lucca. Yo soy Emilia Lucca, y somos de Nueva York. ¿Dónde está Gennaro? Me acaba de llamar desde esta ventana y he venido a toda prisa.

—Fui yo quien llamó —dijo Holmes.

—¡Usted! ¿Cómo pudo?

—Su cifra no era difícil, señora. Su presencia aquí era necesaria. Sabía que solo tenía que transmitir con la luz VIE NI para que usted viniera.

La hermosa italiana miró con respeto a mi compañero.

—No comprendo cómo sabe esas cosas —dijo—. Guiseppe Gorgiano... cómo pudo... —se detuvo; luego, de repente, su cara se iluminó de orgullo y placer—. ¡Ya lo veo! ¡Mi Gennaro! ¡Mi espléndido, mi hermoso Gennaro, que me ha conservado a salvo de todo daño, lo hizo; con su propia mano fuerte mató al monstruo! ¡Ah, Gennaro, qué estupendo eres! ¿Qué mujer puede merecer a tal hombre?

—Bueno, señora Lucca —dijo el prosaico Gregson, poniendo la mano en la manga de la señora con tan poco sentimiento como si se tratara de un chulo de Notting Hill—, todavía no tengo muy claro quién es usted o qué es usted, pero ha dicho bastante como para dejar en claro que la vamos a necesitar en Scotland Yard.

—Un momento, Gregson —dijo Holmes—. Me parece que esta señora puede tener tantos deseos de proporcionarnos información como nosotros de recibirla. ¿Comprende usted, señora, que su marido será detenido y juzgado por la muerte del hombre que tenemos delante? Lo que diga usted puede ser utilizado en el proceso. Pero si usted piensa que ha actuado por motivos que no son criminales, y que él querría que se conocieran, entonces no puede ayudarle mejor que contándonos toda la historia.

—Ahora que Gorgiano ha muerto, no tememos nada —dijo la señora—. Era un demonio y un monstruo, y no puede haber juez en el mundo que castigue a mi marido por haberle matado.

—En ese caso —dijo Holmes—, sugiero que cerremos esta puerta, que dejemos las cosas como las encontramos, que vayamos con esta señora a sus habitaciones y que formemos nuestra opinión después de oír lo que tenga que decirnos.

Media hora después estábamos sentado los cuatro en el pequeño gabinete de la *signora* Lucca, oyendo su notable relato sobre esos siniestros acontecimientos, cuyo final habíamos presenciado por casualidad. Hablaba en un inglés rápido y fluido, pero nada convencional, que no intentaremos imitar:

—Nací en Posilipo, cerca de Nápoles —dijo—, hija de Augusto Barelli, que era el abogado más importante, y que en una ocasión fue diputado de esa comarca. Gennaro era empleado de mi padre, y me enamoré de él, como tiene que amarle toda mujer. No tenía dinero ni posición, así que mi padre prohibió el matrimonio. Escapamos juntos, nos casamos en Bari y vendí mis joyas para obtener el dinero con que llegar a América. Eso fue hace cuatro años, y desde entonces hemos estado en Nueva York.

»Al principio, la fortuna fue muy buena con nosotros. Gennaro pudo hacer un favor a un caballero italiano, le salvó de unos rufianes en un sitio llamado la calle Bowery, haciendo así un amigo poderoso. Se llamaba Tito Castaiotti, y era el principal socio de la firma Castaiotti y Zamba, que son los mayores importadores de fruta de Nueva York. El señor Zamba está inválido, y nuestro nuevo amigo Castaiotti tenía poder en toda la firma, que emplea más de trescientos hombres. Dio empleo a mi marido, le hizo jefe de un departamento y le mostró su buena voluntad en todos los sentidos. El señor Castaiotti era soltero, y creo que sentía que Gennaro era como su hijo, y tanto mi marido como yo le queríamos como si fuera nuestro padre. Habíamos alquilado y amueblado una casita en Brooklyn, y nuestro porvenir parecía asegurado, cuando apareció una nube negra que pronto iba a cubrir nuestro cielo.

»Una noche, al volver del trabajo, Gennaro trajo a un paisano con él. Se llamaba Gorgiano y también era de Posilipo. Era un hombre enorme, como saben, pues han visto su cadáver. No solo tenía cuerpo de gigante, sino que todo en él era gigantesco, enorme, aterrador. Su voz era como un trueno en nuestra casita. Apenas había sitio para sus braceos cuando hablaba. Sus pensamientos, sus emociones, sus pasiones, eran todas exageradas y monstruosas. Hablaba, o más bien rugía, con tal emoción que los demás no podían sino quedarse escuchando, acobardados por aquel poderoso torrente de palabras. Era un hombre terrible y extraño. ¡Gracias a Dios que está muerto!

»Volvió una y otra vez. Pero yo me daba cuenta de que Gennaro no estaba más contento que yo con su presencia. Mi pobre marido se quedaba sentado, pálido y nervioso, escuchando su inacabable delirio sobre política y cuestiones sociales. Gennaro no decía nada, pero yo, que le conocía tan bien, pude leer en su rostro una emoción que nunca había visto en él. Al principio creí que era rencor. Y luego, poco a poco, comprendí que era algo más: era miedo, un miedo profundo, secreto, penetrante. Esa noche, que advertí su terror, le abracé y le imploré por su amor y por todo lo que quería que no me ocultara nada, y que me contara por qué ese hombre enorme le abrumaba tanto.

»Él me lo contó, y mi corazón se sintió frío como el hielo al escucharlo. Mi pobre Gennaro, en sus días locos y encendidos, cuando todo el mundo parecía estar contra él y su mente estaba medio desquiciada por las injusticias de la vida, se había unido a una sociedad napolitana, el Círculo Rojo, que estaba en relación con los antiguos Carbonarios. Los juramentos y secretos de esa fraternidad eran terribles; pero una vez bajo su dominio no era posible escapar. Cuando huimos a América, Gennaro creyó que se los había quitado de encima para siempre. ¡Cuál fue su horror una noche al encontrar por la calle al mismo hombre que le había iniciado en Nápoles, el gigante Gorgiano, un hombre que se había ganado el sobrenombre de "Muerte" en el Sur de Italia, pues la sangre de sus crímenes le llegaba hasta el codo! Había llegado a Nueva York para evitar a la policía italiana, y ya había plantado una rama de esa terrible sociedad en su nuevo país. Todo esto me dijo Gennaro, y me enseñó una convocatoria que había ese mismo día, con un Círculo Rojo en el encabezamiento, diciéndole que se iba a convocar una reunión en una determinada fecha, y que se ordenaba y requería su presencia.

»Eso ya era bastante malo, pero aún faltaba lo peor. Yo había notado que desde hacía algún tiempo que cuando Gorgiano venía a vernos, según solía, al anochecer, me hablaba mucho a mí; y aun cuando sus palabras fueran para mi marido, esos terribles ojos, bestiales y fulgurantes, siempre se dirigían a mí. Una noche reveló su secreto. Yo había despertado en él lo que llamaba "amor"; el amor de un bruto, de un salvaje. Cuando Gennaro no había vuelto todavía, él llegó. Se abrió paso a empujones, me agarró con sus poderosos brazos, me abrazó con su abrazo de oso, me cubrió de besos y me imploró que me escapara con él. Yo estaba luchando y chillando cuando entró Gennaro y le atacó. Él dejó sin sentido a Gennaro de un golpe y huyó de la casa, donde nunca más entraría. Esa noche hicimos un enemigo mortal.

»Pocos días después tuvo lugar la reunión. Gennaro volvió de ella con una cara tan sombría que comprendí que había ocurrido algo terrible. Era peor de lo que yo podía haber imaginado. Los fondos de la sociedad se recaudaban por medio de chantaje a italianos ricos a los que se amenazaba cuando rehusaban pagar. Parece que habían abordado a Castalotti, nuestro querido amigo y protector. Él se había negado a ceder a las amenazas, y había entregado los avisos a la policía. En la reunión se acordó que él y su casa debían ser volados con dinamita. Echaron a suertes quién había de realizarlo. Gennaro vio la cruel cara de nuestro enemigo sonriéndole cuando metió la mano en la bolsa. Sin duda lo habían arreglado previamente de algún modo, pues fue el fatal disco, con el Círculo Rojo, lo que sacó en la mano. Tenía que matar a su mejor amigo o exponerse él mismo y a mí a la venganza de sus camaradas. Era parte de su demoníaco sistema castigar a quienes temían u odiaban dañando no solo a sus personas, sino a sus seres queridos, y el saberlo era lo que pendía con terror sobre la cabeza de mi pobre Gennaro y lo que casi le enloquecía de temor. Toda esa noche velamos juntos, abrazados, fortaleciéndonos mutuamente para las dificultades que teníamos por delante. La noche siguiente era la fijada para el intento. A mediodía, mi marido y yo estábamos de camino para Londres, pero no sin antes avisar a nuestro bienhechor del peligro, y dejar también a la policía la información que protegiera su vida en el futuro.

»Lo demás, caballeros, ya lo saben por ustedes mismos. Estábamos seguros de que nuestros enemigos nos seguirían como nuestras sombras. Gorgiano tenía sus razones particulares para vengarse, pero además sabíamos lo inexorable, astuto e incansable que podía ser. Italia y América estaban llenas de historias de su temible poder. Ahora sería cuando se ejerciera del todo. Mi marido empleó los pocos días sin peligro que habíamos conseguido con nuestra fuga en buscarme un refugio para poder estar a cubierto de cualquier riesgo. Por su parte, él deseaba estar libre para poder comunicar con la policía americana y la italiana. Yo misma no sé dónde vivía, ni cómo. Lo único que sabía era por los anuncios de un periódico. Pero una vez, mirando por la ventana, vi dos italianos observando la casa, y comprendí que Gorgiano había encontrado de algún modo nuestro refugio. Finalmente, Gennaro me dijo, por el periódico, que me haría señales desde una ventana, pero cuando llegaron, las señales no fueron más que alertas, que se interrumpieron de pronto. Ahora veo claro que él sabía que Gorgiano le seguía de cerca, y ¡gracias a Dios! estaba preparado para cuando llegara. Y ahora, caballeros, les preguntaría si tenemos algo que temer de la justicia, o si algún juez en el mundo condenaría a mi Gennaro por lo que ha hecho.

—Bueno, señor Gregson —dijo el americano, mirando al inspector—, no sé cuál será su punto de vista británico, pero supongo que en Nueva York el marido de esta señora recibiría una muestra de agradecimiento casi general.

—Tendrá que venir conmigo a ver al jefe —respondió Gregson—. Si se confirma lo que dice, creo que ni ella ni su marido tienen mucho que temer. Pero lo que no puedo entender en absoluto, señor Holmes, es cómo demonios se ha mezclado usted también en el asunto.

—Por la educación, Gregson, por la educación. Continúo en la búsqueda de conocimientos en la vieja universidad. Bueno, Watson, Lo trágico y lo grotesco se hace presente nuevamente para que se añada a su colección. Acabo de recordar que es noche de Wagner en Covent Garden, ¿Qué tal si nos damos prisa y llegamos al segundo acto?

3. Los planos del Bruce-Partington

Durante la tercera semana de noviembre del año 1875 cayó sobre Londres una densa y amarillenta niebla. No se podía ver ni las casas de enfrente. Holmes invirtió el segundo y el tercer día a escuchar música de la edad media, una afición recientemente adquirida Pero al cuarto día, el carácter activo de mi amigo no podía seguir atrapado ahí por esa espesa y amarillenta niebla. Acometido de energía contenida, empezó a andar por todo el salón, comiéndose las uñas, tamborileando en los muebles e irritado.

—¿No hay nada interesante en el periódico, Watson? —preguntó.

Yo sabía que al preguntar Holmes si no había nada de interesante, quería decir nada interesante en asuntos criminales. Traían los periódicos noticias de una revolución, de una posible guerra, de un inminente cambio de Gobierno; pero esas cosas no caían dentro del horizonte de mi compañero. En lo referente a hechos delictivos todo lo que yo pude leer eran cosas vulgares y fútiles. Holmes refunfuñó y reanudó sus incansables paseos.

—En Londres el mundo criminal es, desde luego, una cosa aburrida —dijo con la voz quejumbrosa de un cazador que no logra cobrar ni una pieza—. Mire por la ventana, Watson. Fíjese en cómo las figuras de las personas surgen de pronto, se dejan ver confusamente y vuelven a fundirse en el banco de las nubes. En un día como este, el ladrón y el asesino podrían recorrer Londres tal como lo hace el tigre en la selva virgen, invisible hasta el momento en que salta sobre su presa, y, en ese momento, visible únicamente para la víctima.

—Se ha llevado a cabo infinidad de pequeños robos —le dije.

Holmes bufó su desprecio y dijo:

—Este grandioso y sombrío escenario está montado para algo más digno. Es una suerte para esta comunidad que yo no sea un criminal.

—¡Ya lo creo que lo es! —exclamé de todo corazón.

—Supongamos que yo fuese Brooks o Woodhouse, o cualquiera de los cincuenta individuos que tienen motivos suficientes para despacharme al otro mundo. ¿Cuánto tiempo sobreviviría yo a mi propia persecución? Una llamada, una cita falsa, y asunto acabado. Es una suerte que no haya días de niebla en los países latinos, los países de los asesinatos. ¡Por vida mía que aquí llega por fin algo que va a romper nuestra mortal monotonía!

Era la doncella y traía un telegrama. Holmes lo abrió y rompió a reír diciendo:

—¡Vaya, vaya! ¿Qué más? Mi hermano Mycroft está a punto de venir.

—¿Y eso le extraña? —le pregunté.

—¿Que si me extraña? Es como si tropezase usted con un tranvía caminando por un sendero campestre. Mycroft tiene sus raíces, y de ellas no se sale. Sus habitaciones en Pall Mall, el club Diógenes, White May; ese es su círculo. Una vez, una sola, ha venido a esta casa. ¿Qué terremoto ha podido hacerle descarrilar?

—¿No lo explica?

Holmes me entregó el telegrama de su hermano, que decía:

«*Necesito verte por lo de Cadogan West. Voy enseguida.*

MYCROFT.»

—¿Cadogan West? Yo he oído ese nombre.

—A mi recuerdo no le dice nada. ¡Quién iba a imaginarse que Mycroft se nos fuese a presentar de esta manera tan excéntrica! Eso es como si un planeta se saliese de su órbita. A propósito, ¿sabe usted cuál es la profesión de mi hermano?

Yo conservaba un confuso recuerdo de una explicación que me dio en los tiempos de la *Aventura del intérprete griego.*

—Me dijo usted que ocupaba un pequeño cargo en algún departamento del Gobierno británico.

Holmes gorgoriteó por lo bajo.

—En aquel entonces yo no le conocía a usted tan bien como ahora. Es preciso ser discreto cuando uno habla de los altos asuntos del Estado. Acierta usted con lo que está bajo el Gobierno británico. También acertaría en cierto sentido si dijese que, de cuando en cuando, el Gobierno británico es él.

—¡Mi querido Holmes!

—Creí que lograría sorprenderle. Mycroft cobra cuatrocientas cincuenta libras al año, sigue siendo un empleado subalterno, no tiene ambiciones de ninguna clase, se niega a recibir ningún título ni condecoración, pero sigue siendo el hombre más indispensable del país.

—¿Por qué razón?

—Porque ocupa una posición única, que él mismo se ha creado. Hasta entonces no había nada que se le pareciese ni volverá a haberlo. Mi hermano tiene el cerebro más despejado y más ordenado, con mayor capacidad para almacenar datos, que ningún otro ser viviente. Las mismas facultades que yo he dedicado al descubrimiento del crimen, él las ha empleado en esa otra actividad especial. Todos los departamentos ministeriales le entregan a él conclusiones, y él es la oficina central de intercambio, la cámara de compensación que hace el balance.

Todos los demás hombres son especialistas en algo, pero la especialidad de mi hermano es saber de todo. Supongamos que un ministro necesita datos referentes a un problema que afectaba a la Marina, a la India, al Canadá y a la cuestión del bimetalismo; él podría conseguir los informes por separado de cada uno de los departamentos y sobre cada problema, pero únicamente Mycroft es capaz de enfocarlos todos, y de enviarle inmediatamente un informe sobre cómo cada uno de esos factores repercutiría en los demás. Empezaron sirviéndose de él como de un atajo, algo que facilitaba las cosas; ahora ha llegado a convertirse en cosa fundamental. Todo está sistemáticamente archivado en aquel gran cerebro suyo, y todo puede encontrarse y servirse en el acto. Una vez y otra han sido sus palabras las que han decidido la política nacional. Eso constituye para él su vida. No piensa en nada más, salvo cuando, a modo de ejercicio intelectual, afloja su tensión cuando yo voy a visitarle y le pido consejo acerca de alguno de mis pequeños problemas. Pero hoy nuestro Júpiter baja de su trono. ¿Qué diablos puede significar eso? ¿Quién es Cadogan West, y qué representa para Mycroft?

—¡Ya lo tengo! —exclamé, y me zambullí en el montón de periódicos que había encima del sofá—. ¡Sí, sí, aquí está, cómo no! Cadogan West era el joven al que se encontró muerto el martes por la mañana en el ferrocarril subterráneo.

Holmes se irguió en su asiento, con la pipa a mitad de camino en la boca:

—Esto tiene que ser cosa seria, Watson. Una muerte que ha obligado a mi hermano a alterar sus costumbres no puede ser cosa vulgar. ¿Qué demonios puede Mycroft tener que ver en el asunto? Yo lo recordaba como un caso gris. Se hubiera dicho que el joven se había caído del tren, hallando así la muerte.

No le habían robado, y no existía ninguna razón especial para sospechar que se hubiese cometido violencia. ¿No es así?

—Se ha realizado una investigación —le dije—, y han salido a relucir muchos hechos nuevos. Mirándolo más de cerca, yo aseguraría que se trata de un caso curioso.

—A juzgar por el efecto que ha producido sobre mi hermano, yo diría que es el más extraordinario de los casos —Holmes se arrellanó en un sillón—. Veamos, Watson, los hechos.

—El nombre de la víctima era Arthur Cadogan West, de veintisiete años, soltero, y empleado de las oficinas del arsenal Woolwich.

Un empleado del Gobierno. ¡Ahí tiene usted el eslabón que le une a mi hermano Mycroft!

—Salió súbitamente de Woolwich el lunes por la noche. La última persona que lo vio fue su novia miss Violet Westbury, a la que él abandonó bruscamente en medio de la niebla a eso de las siete y media de aquella noche. No medió riña alguna entre ellos, y la muchacha no sabe dar explicación de la conducta del joven. No se volvió a saber de él hasta que su cadáver fue descubierto por un peón de ferrocarril apellidado Mason, en la parte exterior de la estación de Aldgate, que pertenece al ferrocarril subterráneo de Londres.

—¿Hora?

—El cadáver fue descubierto el martes a las seis de la mañana. Yacía a bastante distancia de los rieles, al lado izquierdo de la vía conforme se va hacia el Este, en un lugar próximo a la estación, donde la línea sale del túnel, por el cual corre. Tenía la cabeza destrozada; herida que bien pudo producirse al caerse del tren. Solo de ese modo pudo quedar el cadáver sobre la vía. De haber llegado hasta allí desde algunas de las calles próximas, habrían tenido que cruzar las barreras de la estación, donde hay permanentemente un cobrador. Este detalle parece ser absolutamente seguro.

—Perfectamente. El caso se presenta bastante concreto. Ese hombre, muerto o vivo, cayó o fue lanzado desde el tren. Todo eso lo veo claro. Prosiga.

—Los trenes que corren por la vía junto a la cual fue encontrado el cadáver son los que traen dirección de Oeste a Este, siendo algunos exclusivamente metropolitanos, y procediendo otros de Willesden y de los empalmes que allí coinciden. Puede darse por seguro que, cuando el joven halló la muerte viajaba en esa dirección a una hora avanzada; pero es imposible afirmar la estación en la que subió al tren.

—Eso lo demostraría su billete.

—No se le encontró billete alguno de ferrocarril en el bolsillo.

—¡Qué no llevaba billete! ¡Caramba, Watson, eso sí que es extraño! Si mi experiencia no me engaña no es posible pasar a un andén del ferrocarril subterráneo sin mostrar el billete. Es, pues, de presumir que el joven lo tenía. ¿Se lo quitaron para que no se supiese en qué estación había subido? Es posible. ¿No se le caería en el vagón mismo? También eso es posible. Sin embargo es un detalle curioso. Tengo entendido que no mostraba señales de haberse cometido robo alguno.

—Por lo menos en apariencia. Aquí viene una lista de todo lo que llevaba encima. Su cartera contenía dos libras y quince chelines. Llevaba también un talonario de cheques de la sucursal en Woolwich del Capital and Countries Bank. Gracias a él se le pudo identificar. Llevaba también dos billetes de anfiteatro para Woolwich Theater, para la función de aquella misma noche. Y también un pequeño paquete con documentos técnicos.

Holmes dejó escapar una exclamación de júbilo:

—¡Ahí, por fin, lo tenemos, Watson! Gobierno británico, arsenal de Woolwich, documentos técnicos, mi hermano Mycroft; la cadena está completa. Pero aquí llega él, si no me equivoco, para hablar por sí mismo.

Un instante después fue introducida en nuestra habitación la figura alta y voluminosa de Mycroft Holmes. Hombre fuerte y macizo, su figura producía una sensación de torpeza, pero, en lo alto de aquella corpulencia se alzaba rígida una cabeza de frente tan dominadora, de ojos de un gris acero tan vivos y penetrantes, de labios tan firmemente apretados y tan sutil en el juego expresivo de sus facciones, que desde la primera mirada se olvidaba uno del cuerpo voluminoso y solo pensaba en el alma dominadora.

Traía a sus talones a nuestro viejo amigo Lestrade, de Scotland Yard, delgado y severo. La expresión grave de las dos caras nos anunció por adelantado alguna investigación de mucho peso. El detective cambió apretones de manos sin decir palabra. Mycroft Holmes forcejeó el gabán, y luego se dejó caer en un sillón, diciendo:

—Asunto por demás desagradable, Sherlock. Me molesta muchísimo alterar mis costumbres, pero no era posible contestar con una negativa a los altos poderes. Tal como están las cosas en Siam, es un inconveniente el que yo me ausente de mi despacho. Pero esto de ahora constituye una auténtica crisis. Jamás vi tan alterado al primer ministro. En cuanto al Almirantazgo, allí hay un zumbido como de colmena a la que se ha vuelto dal revés. ¿Has leído lo referente al caso?

—Acabamos de leerlo. ¿Qué documentos técnicos eran esos?

—¡Ahí está la cuestión! Por suerte, no se ha hecho pública la cosa. De haber sido, los periódicos habrían venido furiosos. Los documentos que este desdichado joven llevaba en su bolsillo eran los del submarino *Bruce-Partington* —Mycroft Holmes hablaba con una solemnidad que daba a entender hasta qué punto le parecía importante el tema. Su hermano y yo estábamos llenos de expectación—. Con seguridad estarás enterado. Yo pensé que no habría nadie que no hubiese oído de este asunto.

—Para mí es solamente un apellido.

—Es imposible exagerar la importancia que tiene. De todos los secretos del Gobierno, el de este submarino era el más cautelosamente guardado. Puedes creerme si te digo que dentro del radio de acción de un submarino *Bruce-Partington* se hace imposible toda operación de guerra naval. Hará dos años se coló en los Presupuestos del Estado una suma importante que se invirtió en comprar el monopolio de ese invento. Se ha realizado toda clase de esfuerzos para conservar el secreto. Los planos, que son extraordinariamente complicados, abarcan unas treinta patentes separadas, cada una de las cuales es esencial para el funcionamiento del conjunto. Esos planos se guardaban en una caja fuerte muy ingeniosa que está dentro de unas oficinas confidenciales anexas al arsenal y que tienen puertas y ventanas a prueba de ladrones. Bajo ningún concepto y en ninguna circunstancia podían ser sacados los planos de aquellas oficinas. Si el jefe de construcciones de la Marina deseaba consultarlos, tenía que ir con ese objeto a las oficinas de Woolwich. Pues bien: nos encontramos ahora con esos planos en los bolsillos de un empleadillo que aparece muerto en el corazón de Londres. Desde un punto de vista gubernamental, ese hecho es sencillamente espantoso.

—Pero ¿no los habéis recuperado?

—No, Sherlock, no; ahí está el problema. No los hemos recuperado. Se sustrajeron de Woolwich diez planos. En los bolsillos de Cadogan West fueron encontrados siete. Los tres más esenciales han desaparecido: fueron robados, se esfumaron. Sherlock, es preciso que dejes todo cuanto tengas entre manos. Despreocúpate de esos acertijos insignificantes y propios de tribunales de Policía. Aquí tienes que resolver un problema de vital importancia internacional. ¿Por qué se llevó Cadogan West los planos? ¿Dónde están los que han desaparecido? ¿Cómo murió ese joven? ¿De qué manera llegó su cadáver hasta donde fue encontrado? ¿Cómo puede enderezarse este entuerto? Encuéntrame contestaciones a todas estas preguntas, y habrás realizado un buen servicio a tu país.

—¿Y por qué no lo resuelves tú mismo, Mycroft? Tu vista alcanza tanto como la mía.

—Quizá sí, Sherlock. Pero es cuestión de conseguir una cantidad de detalles. Tú dame esos detalles, y yo podré darte una excelente opinión de hombre técnico, desde mi sillón. Pero correr de aquí para allá, someter a interrogatorio a los guardas ferroviarios, tumbarse de cara en el suelo con un cristal de aumento pegado a mi ojo, todo eso se sale de mi oficio. No, tú eres la única persona capaz de poner en claro el asunto. Si tienes el capricho de leer tu nombre y apellido en la próxima lista de honores y condecoraciones...

Mi amigo sonrió, movió negativamente la cabeza y dijo:

—Yo entro en el juego por puro amor al juego. Ahora bien: el problema presenta determinados puntos de interés y lo tomaré en consideración muy a gusto. Vengan algunos datos más.

—He garrapateado los más esenciales en esta hoja de papel, junto con unas cuantas direcciones que te serán útiles. El verdadero custodio oficial de los planos es el célebre técnico del Gobierno sir James Walter, cuyas condecoraciones y títulos cubren dos líneas en un diccionario de personalidades.

Ha encanecido en el servicio, es un caballero, lo reciben con favor en las mansiones más altas, y es, sobre todo, un hombre cuyo patriotismo está fuera de cualquier sospecha. Él es una de las dos personas que tienen una llave de la caja de seguridad. Agregaré que los planos se hallaban, sin duda alguna, en las oficinas durante las horas de trabajo del lunes, y que sir James salió para Londres a eso de las tres de la tarde, llevándose con él la llave. Estuvo en casa del almirante Sinclair, en la plaza Barclay, durante toda la velada, mientras ocurrió este incidente.

—¿Ha sido contrastado este hecho?

—Sí; su hermano, el coronel Valentine Walter, ha dado testimonio de la hora en que salió de Woolwich, y el almirante Sinclair de la de su llegada a Londres; de modo, pues, que sir James ha dejado de ser un factor directo en el problema.

—¿Quién era la otra persona que disponía de una llave?

—El empleado mayor y dibujante míster Sydney Jonson. Es hombre de cuarenta años, casado, con cinco hijos, callado y huraño, pero, en conjunto, tiene una hoja excelente de servicios al Estado. Goza de pocas simpatías entre sus colegas, pero es un trabajador infatigable. Según lo que él mismo cuenta, y que está corroborado por las afirmaciones de su esposa, permaneció sin salir de su casa durante toda la tarde del lunes, después de las horas de oficina, y su llave no abandonó ni un solo instante la cadena del reloj de la que cuelga.

—Háblame ahora de Cadogan West.

—Lleva diez años en el servicio del Gobierno, y ha trabajado bien. Tiene fama de ser hombre arrebatado e impetuoso, pero recto y honrado. Nada podemos decir en contra suya. Él ocupaba en las oficinas el lugar siguiente a Sydney Jonson. Sus obligaciones le ponían en contacto diario y personal con los planos. Nadie más podía manejarlos.

—¿Quién guardó aquella noche los planos en la caja fuerte?

—Míster Sydney Jonson, primer oficial.

—Entonces, es cosa completamente clara quien se los llevó, ya que fueron encontrados sobre el cuerpo del segundo empleado, Cadogan West. La cosa parece definitiva, ¿no es así?

—En efecto, Sherlock; sin embargo, quedan sin explicar muchas cosas. En primer lugar, ¿por qué se los llevó?

—Me imagino que su valor será muy grande, ¿no es cierto?

—Le habrían pagado sin dificultad por ellos varios miles de libras.

—¿Puedes apuntarme alguna razón posible que explique el que llevase los planos a Londres, como no fuere para venderlos?

—No, no puedo.

—Pues entonces, es preciso que aceptemos lo que digo como hipótesis de trabajo. El joven West se llevó los planos. Ahora bien: eso solo pudo realizarlo si él disponía de una llave falsa.

—De varias llaves falsas, puesto que tenía que abrir las puertas del edificio y las de la habitación.

—Disponía, pues, de varias llaves falsas. Se llevó los planos a Londres para vender el secreto, sin duda, con el propósito de devolverlos a la caja fuerte a la mañana siguiente antes que nadie los echase en falta. Mientras se hallaba en Londres entregando a esa empresa traidora encontró la muerte.

—¿De qué manera?

—Supondremos que regresaba a Woolwich cuando fue asesinado lanzado fuera del compartimiento del tren.

—Aldgate, lugar donde fue hallado el cadáver, se encuentra mucho más allá de la estación de London Bridge, que sería la de su ruta hacia Woolwich.

—Es posible imaginar muchas circunstancias que hicieron que siguiese su viaje más allá de London Bridge. Por ejemplo, iba en el coche alguien con el que había trabado una conversación que absorbió su atención. La conversación terminó en una escena de violencia, en la que él perdió la vida. Es posible que él intentase salir de aquel coche, que cayese a la vía y hallase de ese modo la muerte. Entonces el otro cerró la puerta. La niebla era muy espesa y nadie vio nada de lo que había ocurrido.

—Dentro de los datos que poseemos hasta ahora, no puede darse una explicación mejor; sin embargo, Sherlock, fíjate en los muchos puntos que has dejado sin tocar. Supondremos, para seguir el razonamiento, que el joven Cadogan West había dado previamente una cita al agente extranjero, y que por esa razón no hubiese adquirido ningún compromiso por otro lado. En lugar de eso, Cadogan West tomó dos billetes para el teatro, marchó hacia el mismo acompañando a su novia y, de pronto, desapareció.

—Un truco para despistar —dijo Lestrade, que había estado escuchando con cierta impaciencia la conversación.

—Una truco rarísimo. Esa es la objeción número uno. Paso a la objeción número dos: supongamos que llega a Londres y se entrevista con el agente extranjero. Es preciso que devuelva los documentos antes de la mañana siguiente, porque, de lo contrario, se descubriría su desaparición. Se llevó diez planos. Solo se encontraron siete en el bolsillo. ¿Qué fue de los otros tres? Por propia voluntad no se habría desprendido de ellos. Además, ¿dónde está el precio de su traición? Lo natural es que se le hubiese encontrado en el bolsillo una importante suma de dinero.

—Yo lo veo todo perfectamente claro —dijo Lestrade—. No cabe la menor duda de lo que ocurrió. Se llevó los planos para venderlos. Se entrevistó con el agente. No lograron ponerse de acuerdo en cuanto al precio. Emprendió el viaje de regreso a su casa, pero el agente marchó con él. Dentro del tren, ese agente lo asesinó, se apoderó de los planos más esenciales y arrojó su cadáver a la vía. Eso lo explicaría todo, ¿no es así?

—¿Y por qué no llevaba billete?

—El billete habría dado a entender cuál era la estación del metropolitano más próxima a la casa del agente. Por eso este se lo quitó del bolsillo.

—Muy bien, Lestrade, muy bien —dijo Holmes—. Su teoría forma un todo ajustado. Pero si eso es cierto, el caso está prácticamente terminado. Por un lado tenemos al traidor muerto. Por otro lado, los planos del submarino *Bruce-Partington* estarán ya, según toda probabilidad, en el Continente. ¿Qué nos queda por hacer a nosotros?

—¡Actuar, Sherlock, actuar! —exclamó Mycroft, poniéndose bruscamente en pie—. Todos mis instintos están en contra de esa explicación. ¡Pon todas tus facultades en la obra! ¡Vete al escenario del crimen! ¡Habla con las personas relacionadas con el asunto! ¡No dejes piedra sin mover! En toda tu carrera no tuviste jamás una oportunidad tan grande de servir a tu país.

—¡Bueno, bueno! —dijo Holmes, encogiéndose de hombros—. ¡Vamos, Watson! Y usted, Lestrade, ¿podría favorecernos con su presencia durante algunas horas? Empezaremos nuestras pesquisas con una visita a la estación de Aldgate. Adiós, Mycroft. Te haré llegar un informe antes de la noche, pero te advierto por adelantado que es poco lo que puedes esperar.

Una hora más tarde estábamos Holmes, Lestrade y yo en el ferrocarril subterráneo y en el punto mismo en que este sale del túnel que desemboca en la estación de Aldgate. Un anciano, cortés y rubicundo, representaba a la compañía del ferrocarril, y nos dijo, señalando un punto que distaba cosa de un metro de los raíles:

—Aquí es donde yacía el cadáver del joven. No pudo caer de arriba porque, según ven ustedes, se trata de muros completamente limpios. Por consiguiente, solo pudo caer de un tren, y ese tren, hasta donde nos es posible precisar, debió de pasar por aquí hacia la medianoche del lunes.

—¿Se ha hecho un examen de los vagones para ver si presentan alguna señal de lucha violenta?

—No hay tales señales, tampoco se le encontró billete.

—¿Nadie dio parte de que había sido encontrada abierta una portezuela?

—Nadie.

—Esta mañana hemos recibido nuevos datos —dijo Lestrade—. Un pasajero que cruzó por Aldegate en un tren metropolitano corriente, a eso de las once y cuarenta de la noche del lunes, oyó un pesado golpe como si hubiese caído a la línea un cuerpo, un momento antes de que el tren llegase a la estación. Pero la niebla era muy espesa y nada podía verse. No dio ningún aviso de lo ocurrido en aquel momento... ¿Qué le ocurre, Holmes?

Mi amigo se había quedado inmóvil, con una expresión de la más tensa atención en el rostro, mirando a los raíles del ferrocarril en el sitio mismo en que estos formaban una curva a la salida del túnel. Aldgate es una estación de empalme, y los raíles forman allí una verdadera red. Holmes tenía fija en ellos su mirada anhelante e interrogadora; advertí en su rostro vivo y penetrante aquel apretamiento de labios, aquel vibrar de las ventanas de la nariz y aquella contracción de las cejas, largas y tupidas, que tan elocuentes eran para mí.

—Agujas —murmuró—; las agujas.

—¿Qué les pasa a las agujas? ¿Qué quiere decir usted con ello?

—Me imagino que en un sistema ferroviario como este no existirá gran número de agujas, ¿verdad?

—No; son muy pocas.

—Y, además, una curva, agujas y una curva. ¡Por vida de...! Si fuera nada más que eso...

—¿Qué le ocurre, señor Holmes? ¿Ha descubierto usted una pista?

—Una idea, una simple indicación y nada más. Pero va aumentando mi interés este caso. Sería un detalle único, completamente único, y, sin embargo, ¿por qué no? No descubro rastro alguno de sangre sobre la línea.

—En efecto, no hay sino ninguno.

—Sin embargo, tengo entendido que el cadáver presentaba una herida muy importante.

—El cráneo estaba roto, pero exteriormente no se advertían indicios de la herida.

—Pero lo natural es que sangrase algo. ¿Podría yo examinar el tren en que iba el viajero que oyó aquel golpe seco de una caída en medio de la niebla?

—Me temo que no podrá hacerlo, míster Holmes, porque ahora el tren ha sido ya deshecho y los coches han sido distribuidos en otros trenes.

—Puedo asegurarle, Holmes —dijo Lestrade—, que todos los coches fueron revisados cuidadosamente. Yo mismo me ocupé de ello.

Una de las más evidentes debilidades de mi amigo era la de su impaciencia al tropezar con inteligencias menos despiertas que la suya. En esta ocasión contestó alejándose de allí:

—Es muy inverosímil lo que usted me dice; pero da la casualidad de que lo que yo deseaba examinar no eran precisamente los coches. Watson, ya hemos terminado aquí. Lestrade, no necesitamos molestarle más. Creo que ahora nuestras pesquisas van a llevarnos a Woolwich.

Al llegar a London Bridge, Holmes escribió un telegrama a su hermano, y me lo dio a leer antes de entregarlo en la ventanilla. Decía así:

«Veo alguna luz en la oscuridad, pero es posible que se apague. Mientras tanto, envíame por un mensajero, que aguardará mi regreso en Baker Street, una lista completa de todos los espías extranjeros o agentes internacionales de cuya existencia en Inglaterra se tienen noticias, con la dirección completa de sus domicilios.

Sherlock»

—Esto debería sernos útil, Watson —contestó mientras ocupábamos nuestros asientos en el tren que pasaba por Woolwich—. Hemos contraído, desde luego, una deuda con mi hermano Mycroft por habernos hecho participar en este caso que promete ser verdaderamente extraordinario.

Su rostro anhelante seguía manifestando la energía intensa y la extrema tirantez, que me hacía comprender la existencia de algún detalle nuevo y sugestivo que había abierto una dirección estimulante a sus pensamientos. Fíjese el lector en el perro zorrero cuando pasa holgazán el tiempo alrededor de las perreras, con las orejas colgantes y el rabo caído, y compárelo con su actitud cuando, con ojos llameantes y músculos tensos, corre por la línea del husmillo que sube hasta la altura del pecho. Así era el cambio que se había efectuado en Holmes desde aquella mañana. Era un hombre distinto de aquel otro, lleno de flojedad y como inválido, que algunas horas antes había merodeado tan inquieto, vestido con su batín color arratonado, por la habitación rodeada de un cinturón de niebla.

—Aquí contamos con materiales. Aquí hay campo de acción. He dado pruebas de estar dormido al no haber caído en la cuenta de las posibilidades que encerraba el caso.

—Pues para mí son todavía un misterio.

—El misterio es para mí el final, pero he aferrado ya una idea que quizá nos lleve lejos. Ese hombre fue muerto en algún otro sitio y su cadáver estaba encima del techo de un vagón del ferrocarril.

—¡Encima del techo!

—Extraordinario, ¿verdad? Pero medite usted en los hechos. ¿Se trata de una simple coincidencia el que haya sido encontrado en el lugar mismo en que el tren da saltos y balanceos al salir de una curva para entrar en las agujas? ¿No es precisamente ese lugar en que es probable que cayese a la vía cualquier objeto colocado encima del techo de un coche? Las agujas no influirían en ningún cuerpo que fuese dentro del tren. O bien el cadáver cayó desde el techo, o, por el contrario, se ha dado una coincidencia por demás curiosa. Pero medite usted en la cuestión de la sangre. Desde luego, si el cadáver había sangrado en algún otro lugar, no se observarían rastros de sangre en la línea. Cada uno de estos dos hechos es por sí mismo sugestivo. Juntos tienen fuerza acumulativa.

—¡Eso sin contar la cuestión del billete! —exclamé yo.

—Exactamente. No logramos explicarnos la falta del billete. Esto nos lo explicaría. Todo encaja perfectamente entre sí.

—Pero supongamos que sea ese el caso: nos encontramos tan lejos de desentrañar el misterio de su muerte como antes.

La verdad es que el caso no se simplifica, sino que se hace más extraordinario.

—Quizá —dijo Holmes, pensativo— quizá.

Volvió a caer en su silencioso ensimismamiento que duró hasta que el tren se detuvo en la estación de Woolwich. Una vez allí llamó a un coche de alquiler y sacó de su bolsillo el papel que le había entregado Mycroft.

—Tenemos una bonita lista de visitas para hacer esta tarde. Creo que la que reclama en primer término nuestra atención es la de sir James Walter.

La casa del célebre funcionario público era una elegante villa con verdes praderas que se extendían hasta la orilla del Támesis. Cuando llegamos a ella se levantaba la niebla, y un resplandor de sol diluido y tenue, se abría paso por entre la misma. A nuestra llamada acudió un despensero, que nos contestó con rostro solemne:

—¡Señor, sir James murió esta mañana!

—¡Santo Dios! —exclamó Holmes, atónito—. ¿De qué murió?

—Señor, quizá le convenga a usted pasar y hablar con su hermano, el coronel Valentine.

—Sí, eso será lo mejor.

Nos pasaron a una salita que estaba a media luz y a la que acudió enseguida un caballero de unos cincuenta años, muy alto, bello, de barba rubia. Era el hermano más joven del hombre de ciencia fallecido. Todo en él delataba lo súbito del golpe que se había descargado sobre aquella familia: la mirada ojerosa, las mejillas descoloridas y el cabello enmarañado. Casi no lograba articular las palabras al hablar de aquella muerte.

—La culpa la tiene este horrendo escándalo —nos dijo—. Mi hermano sir James era hombre muy sensible a todo lo que afectaba su honor, y no podía sobrevivir a este asunto. Le destrozó el corazón. Él se mostraba siempre muy orgulloso de la eficacia de su departamento, y esto fue para él un golpe aplastador.

—Veníamos con la esperanza de que nos diese algunos datos que habrían podido ayudarnos a poner en claro el asunto.

—Les aseguro que todo constituía para él un misterio, como lo es para ustedes y para todos nosotros. Había puesto ya a disposición de la policía todos sus datos. Naturalmente, no dudaba que Cadogan West era culpable. Pero todo lo demás le resultaba inconcebible.

—¿No puede usted darnos algún dato nuevo capaz de hacer una luz en este asunto?

—No sé sino lo que he leído u oído hablar. No deseo parecer descortés, míster Holmes; pero ya comprenderá que en este momento nos encontramos completamente trastornados, y por eso no tengo más remedio que suplicarle que demos fin a esta entrevista.

Cuando volvimos a estar en el coche, me dijo mi amigo:

—Ha sido, desde luego, una novedad inesperada. ¿Habrá sido natural la muerte, o se habrá matado el pobre viejo? En este último caso, ¿no se podrá interpretar esa acción como una censura a su propia persona por el abandono de sus obligaciones? Dejemos para más adelante esta cuestión. Y ahora vamos a visitar a la familia de Cadogan West.

La desconsolada madre residía en una casa pequeña, pero bien cuidada, de los alrededores de la población. La anciana estaba afectada por el dolor para poder sernos de alguna utilidad; sin embargo, había a su lado una joven de pálido rostro, que se nos presentó como miss Violet Westbury, la prometida del muerto y la última persona que habló con él aquella noche fatal.

—No consigo explicármelo, míster Holmes —nos dijo—. No he pegado un ojo desde que ocurrió la tragedia, pensando, pensando y pensando, de día y de noche, en lo que pueda verdaderamente significar todo esto. Arthur era el hombre más sincero, más caballeroso y el mejor patriota del mundo. Antes de vender un secreto de Estado confiado a él, Arthur habría sido capaz de cortarse la mano derecha. A cualquiera que lo conociese tiene que resultarle semejante suposición una cosa absurda, imposible, disparatada.

—Pero ahí están los hechos, miss Westbury.

—En efecto, sí, confieso que no consigo explicármelos.

—¿Andaba acaso necesitado de dinero?

—No; sus necesidades eran modestas y su sueldo generoso. Había conseguido ahorrar algunos centenares de libras y nos íbamos a casar por Año Nuevo.

—¿No advirtió usted en él señales de excitación mental? Ea, miss Westbury, sea absolutamente franca conmigo.

La vista rápida de mi compañero había advertido alguna leve mutación en las maneras de nuestra interlocutora. Esta se sonrojó y titubeó hasta que, por fin, dijo:

—Sí. Yo tenía como una sensación de que algo le preocupaba.

—¿Desde hace mucho tiempo?

—Nada más que en la última semana, o cosa así. Se mostraba pensativo y preocupado. En una ocasión le insté a que me dijese lo que ocurría. Reconoció que, en efecto, algo le preocupaba, y que se refería a cuestiones de su cargo oficial. «La cuestión es demasiado grave para que yo hable de ella, ni aún contigo», me dijo, y eso fue todo lo que conseguí sacarle.

Holmes tenía una expresión grave.

—Prosiga, miss Westbury. Dígamelo todo, aunque parezca que le perjudica a él. Ignoramos adónde nos puede llevar, en fin de cuentas.

—La verdad es que nada más tengo que decir. En una o dos ocasiones tuve la impresión de que iba a contarme algo. Una noche me habló de la importancia que tenía aquel secreto, y creo recordar que me dijo que los espías extranjeros pagarían sin duda por el mismo una fuerte suma.

El rostro de mi amigo se puso todavía más serio.

—¿Algo más?

—Dijo que nosotros procedíamos con abandono en esta clase de asuntos, que sería cosa fácil para un traidor hacerse con los planos.

—¿Le hizo esas manifestaciones recientemente?

—Sí; muy recientemente.

—Cuéntenos ahora lo que ocurrió la última noche.

—íbamos al teatro. La niebla era tan espesa que de nada nos hubiera servido tomar un coche. Fuimos caminando y pasamos cerca de las oficinas. De pronto se lanzó como una flecha y se perdió en la niebla.

—¿Sin dar una explicación?

—Dejó escapar una exclamación. Eso fue todo. Esperé, pero él no regresó. Entonces volví caminando a mi casa. A la mañana siguiente, después de la hora de abrir las oficinas, vinieron a preguntar por él. A eso de las doce nos enteramos de la terrible noticia. ¡Oh, míster Holmes, si pudiera usted salvar su honor, por lo menos su honor! Para él lo era todo.

Holmes movió tristemente la cabeza y me dijo:

—Vamos, Watson. El deber nos llama a otra parte. Nuestra próxima visita debe ser a las oficinas donde fueron sustraídos los planos.

Cuando el coche se alejaba de aquella casa, me dijo:

—Las cosas se presentaban antes feas para este joven, pero las pesquisas que hemos realizado las presentan aún peor. Lo inminente de su boda proporciona un móvil para la comisión del delito. Como es natural, necesitaba dinero. Que la idea estaba dentro de su cabeza lo da a entender el que hablase del asunto. Estuvo a punto de convertir a la muchacha en cómplice suya, hablándole de sus proyectos. Todo eso se presenta muy feo.

—Pero, Holmes, también el testimonio unánime de su honradez debe ser tenido en cuenta. Además, ¿cómo es posible explicar que dejase a la muchacha en mitad de la calle y saliese de pronto como disparado a cometer el delito?

—Así es, en efecto. Es indudable que se pueden poner objeciones. Pero frente a ellas se alza una argumentación formidable.

Míster Sydney Jonson, oficial primero, salió en las oficinas a nuestro encuentro y nos acogió con el respeto que imponía siempre la tarjeta de mi compañero. Era un hombre delgado, huraño, de gafas y edad mediana; estaba ojeroso y las manos le temblequeaban por efecto de la tensión nerviosa a que había estado sujeto.

—¡Qué desgracia, míster Holmes, que desgracia! ¿Se ha enterado usted de la muerte de nuestro jefe?

—Hemos estado hace poco en su casa.

—Aquí está todo desorganizado. El jefe muerto, Cadogan muerto y los planos robados. Y, sin embargo, cuando el lunes por la tarde cerramos las oficinas, era esta una dependencia de funcionamiento tan perfecto como la mejor de las del Gobierno. ¡Santo Dios, y qué espanto causa pensar en ello! ¡Pensar que West, el hombre de quien menos lo habría uno pensado, haya hecho semejante cosa!

—Según eso, ¿usted está seguro de su culpabilidad?

—Es la única posibilidad que veo. Sin embargo, yo me habría sentido tan seguro de él como de mí mismo.

—¿A qué hora cerraron las oficinas el lunes?

—A las cinco.

—¿Fue usted quien las cerró?

—Soy siempre el último empleado que abandona el local.

—¿Dónde estaban guardados los planos?

—En aquella caja fuerte.

—¿No queda en el edificio ningún vigilante?

—Sí que queda; pero tiene que vigilar otros departamentos además de este. Es un veterano del Ejército; hombre de la mayor confianza. No observó nada anormal esa noche. Hay que tener en cuenta que la niebla era muy espesa.

—Suponiendo que Cadogan West hubiese querido penetrar esa noche en el edificio fuera de las horas de trabajo, ¿no es cierto que habría necesitado tres llaves para llegar a los planos?

—Así es. La llave de la puerta exterior, la llave de las oficinas y la llave de la caja.

—¿No tenía esas llaves otras personas que sir James Walter y usted?

—Yo no disponía de las llaves de las puertas, sino la de la caja.

—¿Era sir James Walter hombre de costumbres ordenadas?

—Sí, creo que sí. Por lo que se refiere a esas tres llaves, creo que las guardaba en el mismo llavero en que yo se las había visto muchas veces.

—¿Y se lo llevaba a Londres?

—Así lo decía.

—¿Y usted no se separaba nunca de su llave?

—Nunca.

—De modo, pues, que si West ha sido el culpable tenía por fuerza que poseer un duplicado. Y, sin embargo, no se le encontró al cadáver. Otro punto: si un empleado de estas oficinas hubiese querido vender los planos, ¿no le habría sido más sencillo sacar una copia de los mismos, que el apoderarse de los originales, como lo hicieron?

—El copiar los planos de manera tan eficaz habría exigido grandes conocimientos técnicos.

—Me imagino que tanto sir James como usted o Cadogan poseían esos conocimientos técnicos.

—Está claro que lo poseíamos. Pero no trate usted, míster Holmes, de involucrarme a mí en el asunto. ¿Qué se adelanta con esta clase de especulaciones, siendo así que se encontraron los planos originales encima de West?

—Lo digo porque resulta verdaderamente extraño que corriese con los riesgos de sustraer los planos originales pudiendo haber sacado tranquilamente copias que le habrían servido igual para el caso.

—Desde luego que es raro; sin embargo, lo hizo.

—Cuantas pesquisas se llevan a cabo en este asunto nos ponen al descubierto algo inexplicable. Vamos a otra cosa: faltan todavía tres de los planos. Son, según tengo entendido, los más esenciales.

—En efecto, así es.

—¿Quiere decir esto que cualquiera que posea esos tres planos, aun sin los siete restantes, estaría en condiciones de construir el submarino *Bruce-Partington?*

—Yo he informado en ese sentido al Almirantazgo. Pero hoy he vuelto a repasar los planos y ya no estoy seguro. En uno de los planos devueltos están dibujadas las válvulas dobles con las guías ajustables automáticamente. Los extranjeros no podrían construir el submarino hasta que no inventen por sí mismos este dispositivo. Naturalmente podrían vencer pronto semejante dificultad.

—Pero los tres planos que faltan son los más importantes.

—Sin duda alguna.

—Si usted me lo permite, haré un recorrido por las oficinas. No creo que tenga que hacerle ninguna otra pregunta.

Holmes estudió la cerradura de la caja fuerte, la puerta de la habitación y los postigos de hierro de la ventana. Solo cuando estuvimos en la pradera del lado de afuera de la ventana, se despertó vivamente su interés. Había allí un arbusto de laurel y varias de sus ramas parecían haber sido torcidas o quebradas. Las examinó cuidadosamente con su lente de aumento y examinó luego algunas huellas borrosas y confusas que habían dejado en el suelo. Por último, pidió al oficial primero que cerrase los postigos de hierro, y me hizo notar que no encajaban bien en el centro y que cualquiera podía ver desde fuera lo que pasaba en el interior.

—Todas estas indicaciones han sido echadas a perder por el retraso de tres días. Quizá no signifiquen nada, pero también pudiera darse el caso contrario. Bueno, Watson, yo no creo que Woolwich pueda dar de sí más de lo que ha dado. Poca es la cosecha que aquí hemos recogido. Vamos a ver si se nos dan mejor las cosas en Londres.

Sin embargo, antes que abandonásemos la estación Woolwich agregamos una nueva gavilla a nuestra cosecha. El empleado de la taquilla pudo informarnos con absoluta seguridad de que había visto a Cadogan West —al que conocía muy bien de vista— la noche del lunes, y que se había trasladado a Londres en el tren de las ocho y quince que se dirige a London Bridge. Iba solo y tomó un billete de tercera. Al taquillera le llamaron la atención sus maneras, nerviosas y llenas de excitación. De tal forma le temblequeaban las manos, que anduvo con dificultad para recoger el cambio, y el empleado mismo tuvo que ponérselo en la mano. Consultando el horario, se vio que aquel era el primer tren que podía tomar West, después de abandonar a su novia a eso de las siete y media.

Después de media hora de silencio, dijo de pronto Holmes:

—Reconstruyamos los hechos, Watson. No creo que en todas las pesquisas que llevamos realizadas conjuntamente hayamos tropezado jamás con otro caso más difícil de abordar. Paso que damos hacia delante no nos sirve para otra cosa que para descubrirnos una nueva loma que escalar. Sin embargo, hemos realizado algunos progresos apreciables... En términos generales, nuestras investigaciones en Woolwich han sido contrarias a Cadogan West: pero los indicios de la ventana quizás se presten a una hipótesis favorable. Supongamos, por ejemplo, que se le hubiese acercado para hacerle proposiciones algún agente extranjero. Quizás lo hizo poniendo por delante determinadas condiciones que le impedían dar parte de lo ocurrido, pero que, sin embargo, lograron influir en el curso de sus pensamientos de la manera que hemos visto por las palabras a su prometida. Perfectamente. Supongamos ahora que, cuando se dirigía al teatro con su novia, distinguió a ese mismo agente que marchaba en dirección a las oficinas. Era hombre impetuoso, rápido en tomar sus resoluciones. Lo sacrificaba todo al deber. Siguió al hombre, llegó a la ventana, presenció la sustracción de los documentos y salió en persecución del ladrón. De esa manera salvamos la dificultad de que nadie que estuviera en condiciones de sacar copias de los planos, robaría los originales. Tratándose de una persona ajena a las oficinas, no tenía más remedio que sustraer los originales. Hasta ahí la hipótesis está dentro de la lógica.

—Y después de eso, ¿qué?

—Ahí es donde empiezan las dificultades. Cualquiera se imaginaría que el acto primero del joven Cadogan West sería echar mano al canalla y dar la alarma. ¿Por qué no lo hizo? ¿No cabría la posibilidad de que quien se apoderó de los papeles fuese un funcionario de categoría superior a la suya? Eso explicaría la conducta de West. ¿No podría ser también que ese funcionario superior le hubiese dado esquinazo en medio de la niebla y que West saliese inmediatamente para Londres, a fin de llegar antes que él a sus habitaciones, dando por supuesto que sabía dónde estaba su residencia? La llamada debió de ser muy apremiante, para dejar como dejó a su novia abandonada en medio de la niebla y para no haber hecho ninguna tentativa con objeto de ponerse en comunicación con ella. Al llegar aquí nuestro rastro se enfría. Existe un ancho foso entre cualquiera de estas dos hipótesis y la colocación del cadáver de West en el techo de un coche de ferrocarril metropolitano, con siete planos en el bolsillo. El instinto me empuja a trabajar desde este momento por el otro extremo. Si Mycroft nos ha enviado las direcciones que le pedí, quizá podamos elegir en ellas nuestro hombre y seguir dos pistas, en lugar de una sola.

Como era de presumir, en Baker Street nos estaba esperando una carta. La había traído con urgencias de correo un mensajero del Gobierno. Holmes le echó un vistazo y luego me la pasó a mí. Decía así:

«La nómina es abundante, pero hay muy pocos capaces de acometer un negocio de tal envergadura. Los únicos dignos de ser tomados en consideración son: Adolph Meyer, del número 13,

Great George Street, Westminster; Louis La Rothière, Campden Masions, Notting Hill, y Hugo Oberstein, número 13, Caulfield Gardens, Kensington. De este último se sabe que se hallaba en Londres el lunes y que se ha ausentado posteriormente. Me satisface que veas alguna luz. El Gabinete espera tu informe definitivo con la mayor ansiedad. Se han hecho desde las más altas esferas apremiantes llamamientos. Toda la fuerza del Estado estará dispuesta a apoyarte en caso de necesitarlo.

MYCROFT.»

—Me temo que en un asunto como este no van a servirnos de nada todos los caballos de la reina y todos los hombres de la reina.

Holmes había extendido encima de la mesa su gran plano de Londres y estaba ansiosamente inclinado encima del mismo. De pronto, y con una exclamación de sorpresa, dijo:

—Vaya, vaya, las cosas van, por fin, viniendo hacia nosotros. ¡Por vida mía, Watson, que aun tengo confianza en que nos vamos a salir con la nuestra!

Y me palmeó en el hombro, en un estallido de hilaridad.

—Voy a salir. Se trata nada más que de un reconocimiento. No emprenderé nada serio sin llevar a mi lado a mi leal camarada y biógrafo. Quédese aquí. Según toda probabilidad, estaré de vuelta dentro de algunas horas. Si le pesa el tiempo, ármese de papel oficio y pluma y comience su relato de cómo en cierta ocasión salvamos a nuestro país.

Aquel optimismo se reflejó hasta cierto punto en mi propio ánimo, porque sabía perfectamente que para apartarse de su habitual seriedad de maneras hacía falta que hubiese razones muy fuertes que despertasen su júbilo. Esperé lleno de impaciencia su regreso durante toda aquella tarde de noviembre.

Por fin, y poco después de las diez, llegó un mensajero con una carta que decía:

«Estoy cenando en el restaurante Goldini, Gloucester Road Kensington. Venga enseguida a compartir mi cena. Tráigase una llave de mecánico, una linterna sorda, un escoplo y un revólver.

S.H.»

Era un lindo instrumental para que un ciudadano respetable anduviese con el mismo por las calles envueltas en niebla. Guardé todo convenientemente en mi gabán y me hice llevar derecho a la dirección que se me había dado. Allí estaba mi amigo, sentado a una mesita redonda, cerca de la puerta del chillón restaurante italiano.

—¿Ha cenado usted ya? Pues entonces, acompáñeme en el café y el *curaçao.* Pruebe uno de los cigarros del propietario. No son tan venenosos como parecen. ¿Trajo las herramientas?

—Las tengo aquí, en mi gabán.

—Magnífico. Voy a darle un ligero esbozo de lo que he realizado, con algunas indicaciones de lo que vamos a emprender. Empiece, Watson, por tener como hecho evidente el de que, en efecto, el cadáver de ese joven fue colocado encima del techo del tren. Eso estaba ya claro desde el momento en que dejé establecido que el cadáver había caído del techo del tren y no del interior de uno de sus vagones.

—¿No podrían haberlo dejado caer desde alguno de los puentes?

—Yo diría que eso es imposible. Si usted se fija en los techos de los coches, verá que son ligeramente curvos, sin barandilla de ninguna clase en los bordes. Podemos, pues, afirmar con seguridad que el cadáver fue colocado allí.

—¿Pero cómo es posible semejante cosa?

—Esa era la pregunta a la que era preciso contestar. Pues bien: solo de una manera podía hacerse. Ya sabrá usted que en algunos puntos del West End, el ferrocarril subterráneo corre a cielo abierto, entre túnel y túnel. Yo conservaba un recuerdo confuso de haber visto ventanas por encima de mi cabeza en alguno de mis viajes por el metropolitano. Supongamos que el tren se detuviese debajo de alguna de esas ventanas: ¿qué dificultad había en colocar el cadáver encima del techo?

—Parece sumamente improbable.

—Tenemos que echar mano otra vez del viejo axioma de que, cuando fallan todas las demás posibilidades, la verdad tiene que estar en la única que permanece en pie, por muy poco probable que sea. Aquí han fallado todas las demás posibilidades. Pues bien: cuando descubría que el más importante de los agentes internacionales, el que acababa de ausentarse de Londres, vive en una casa de pisos cuyas ventanas dan a las líneas del ferrocarril subterráneo, me entró tal alegría, que le asombré a usted con mi súbita frivolidad.

—Vamos, ¿de modo que fue eso?

—Sí, eso fue. Míster Hugo Oberstein, del número trece, Caulfield Gardens, se convirtió en mi objetivo. Empecé mis operaciones en la estación de Gloucester Road, en la que un empleado muy servicial se prestó a caminar conmigo por la vía, permitiéndome comprobar, no solo que las ventanas de la escalera interior de Caulfield Gardens dan a las líneas, sino de un hecho todavía más fundamental, a saber: que, debido a la interacción de uno de los ferrocarriles mayores, es frecuente que los trenes del subterráneo tengan que detenerse durante algunos minutos en aquel sitio precisamente.

—¡Estupendo, Holmes! ¡Ya es suyo el problema!

—No tanto, Watson, no tanto. Avanzamos, pero la meta está todavía lejos. Después de reconocer la parte posterior de Caulfield Gardens exploré la delantera y me convencí de que el pájaro había huido, efectivamente. La casa es espaciosa, pareciéndome que las habitaciones del piso superior están desamuebladas. Oberstein vivía allí con un único ayuda de cámara, que será probablemente algún cómplice que goza de toda su confianza. Es preciso que tengamos muy presente que Oberstein ha marchado al Continente para dar salida a su botín, pero no como un fugitivo. Ningún motivo tiene para temer una orden de detención, y con seguridad que no se le va a ocurrir la idea de que un detective aficionado le vaya a hacer una visita domiciliaria. Y eso es precisamente lo que ahora estamos a punto de llevar a cabo.

—¿No habría modo de conseguir una orden de allanamiento que le dé legalidad?

—Será difícil obtenerla nada más que con las pruebas de las que ahora disponemos.

—¿Y qué esperamos sacar de esta visita?

—No sabemos la clase de correspondencia que podemos encontrar allí.

—No me gusta la cosa, Holmes.

—Usted, mi querido compañero, quedará de centinela en la calle. Yo me encargaré de la parte criminal. No es momento de pararse en barras. Piense en la carta de Mycroft, en el Almirantazgo, en el Consejo de Ministros, en la alta personalidad que espera noticias. Es preciso que vayamos.

Mi respuesta fue ponerme de pie y decir:

—Tiene razón, Holmes. Es preciso ir.

Holmes se puso rápidamente en pie y me estrechó la mano.

—Estaba seguro de que no se echaría usted atrás en el último instante.

Eso me dijo, y yo descubrí durante un momento en sus ojos algo que acercaba a la ternura mucho más que a todo lo que yo había visto en él hasta entonces. Un momento después había vuelto a ser el hombre dominador y práctico.

—Desde aquí hasta allí hay casi un kilómetro, pero no tenemos prisa. Vayamos caminando. No deje caer ninguna de las herramientas, por favor. El que lo detuviesen como tipo sospechoso nos acarrearía una complicación lamentable.

Caulfield Gardens era una de esas calles formada por hileras de casas de fachadas planas, con columnas y pórtico, que en el West End de Londres constituyen un producto tan característico de la época media victoriana. En la casa de al lado parecía que hubiese una fiesta de niños, porque el alegre runrún de las voces infantiles y el estrépito del piano llenaban la noche. La niebla seguía envolviéndolo todo y nos cubría con sus sombras amigas. Holmes encendió su linterna y proyectó su luz sobre la maciza puerta.

—El problema es serio —dijo—, porque, además, de cerrada con llave, tiene echado el cerrojo. Quizás nos vaya mejor en la entrada del sótano. En caso de que se entrometa algún agente de policía demasiado celoso, tenemos allí un magnífico arco de puerta para esconderse. Écheme una mano, Watson, y yo haré lo mismo con usted.

Unos momentos después nos encontrábamos los dos en la entrada del sótano. Apenas habíamos tenido tiempo de meternos en la parte más sombría del mismo, cuando oímos entre la niebla de la acera, encima de nosotros, los pasos de un agente de policía. Cuando su lento ritmo se perdió en la distancia, Holmes se puso a trabajar en la puerta. Lo vi inclinarse y hacer fuerza hasta que se abrió aquella con un chasquido seco. Nos lanzamos inmediatamente al oscuro pasillo, cerrando a nuestras espaldas la puerta. Holmes abrió la marcha, subiendo por la escalera acaracolada y sin alfombra. Su pequeño foco de luz amarillenta iluminó su ventana baja.

—Ya estamos en el sitio, Watson. Esta debe ser.

Abrió la ventana de par en par y, al hacerlo, llegó hasta nosotros un rumor apagado, áspero, que fue encrespándose con firmeza hasta convertirse en el huracán estrepitoso de un tren que cruzó por delante de nosotros y se perdió en la oscuridad. Holmes barrió con la luz de su linterna el antepecho de la ventana. Tenía una espesa capa de hollín, de las locomotoras que pasaban, pero la negra superficie estaba como raspada y borrosa en algunos sitios.

—Vea usted dónde apoyaron el cadáver... ¡Caramba, Watson! ¿Qué es esto? No cabe duda de que es una mancha de sangre —Holmes me mostraba unas débiles manchas descoloridas a lo largo del marco de la ventana—. Y aquí también, en la piedra del escalón. La prueba es completa. Esperemos aquí hasta que se detenga un tren.

No tuvimos que esperar mucho. El tren siguiente rugió como el anterior desde dentro del túnel, pero acortó la marcha al salir a cielo abierto, y acto seguido se detuvo, entre rechinamientos de frenos, debajo mismo de donde estábamos. Desde el antepecho de la ventana hasta el techo de los vagones no había ni un metro de distancia. Holmes cerró suavemente la ventana, y dijo:

—Hasta aquí tenemos la prueba de que estábamos en lo cierto. ¿Qué piensa de esto, Watson?

—Que es una obra maestra. Jamás rayó usted a tanta altura.

—Ahí no puedo estar de acuerdo con usted. Desde el momento en que concebí la idea de que el cadáver había estado en el techo del tren, idea que nada tiene de abstracta, todo lo demás era inevitable. Si no fuera por los grandes intereses en juego, el asunto, hasta ahora, sería insignificante. Lo difícil es lo que aun tenemos por delante. Pero quizás descubramos aquí algo que nos sirva de ayuda.

Subimos por la escalera de la cocina y entramos en las habitaciones del primer piso. Una de ellas estaba destinada a comedor, severamente amueblada, pero que no contenía nada de interés. La segunda era un dormitorio, también vacío de interés. La otra habitación ofrecía mejores perspectivas, y mi compañero se dispuso a realizar un trabajo sistemático. Por todas partes se veían en ella libros y papeles, y era evidente que se empleaba para despacho. Holmes revolvió rápida y metódicamente el contenido, uno tras otro, de los cajones y armarios, pero su rostro severo no llegaba a iluminarse con el más leve resplandor de un éxito. Al cabo de una hora seguía estando en la misma situación que cuando había empezado.

—Este perro astuto ha hecho desaparecer sus huellas —dijo al fin—. No ha dejado nada que pueda servir de base a una acusación. Ha destruido o se ha llevado su correspondencia peligrosa. Esta es nuestra última probabilidad.

Lo decía por una pequeña caja de hojalata que tenía encima de la mesa de escritorio. Holmes la abrió con su cincel. Había en el interior varios rollos de papel cubiertos de números y de cálculos, sin nota alguna que indicase a qué se referían. Las frases *presión de agua* y *presión por pulgada cuadrada* apuntaban una posible relación con un submarino. Holmes los tiró con impaciencia a un lado. Solo quedaba ya un sobre que contenía algunos pequeños recortes de periódicos. Los vertió sobre la mesa y pude ver enseguida por la expresión anhelante de su rostro que se habían despertado sus esperanzas.

—¿Qué es esto, Watson? ¡Eh! ¿Qué es esto? El comprobante de una serie de mensajes publicados en la sección de anuncios de un periódico. Es la columna de anuncios del *Daily Telegraph,* a juzgar por el papel y por el tipo de letras. Ángulo superior derecho de una página. No hay fechas, pero los mensajes se clasifican por sí mismos.

Este debe ser el primero: «*Esperaba noticias más pronto. Convenidas las condiciones. Escriba con todos los detalles a la dirección de la tarjeta. -* ***Pierrot***»

Viene a continuación: «*Demasiado complicado para descripción. Tiene que darme informe completo. Dinero dispuesto contra mercancía. -* ***Pierrot.***»

Y ahora este: «*Asunto apremia. He de retirar ofrecimiento de no cumplirse contrato. Señale entrevista por carta. La confirmará por anuncio. -* ***Pierrot.***»

Y por último: «*Lunes noche después de las nueve. Solo nosotros. No desconfíe. Pago en efectivo a la entrega de mercancías. -* ***Pierrot.***»

¡Un registro completo, Watson! ¡Ay, si pudiéramos llegar hasta el corresponsal que está en el otro extremo!

Holmes se quedó ensimismado, tamborileando con los dedos encima; por último se puso vivamente en pie.

—Bien, quizás no sea tan difícil, después de todo. Aquí ya no nos queda nada por hacer, Watson. Creo que podríamos hacernos llevar en coche hasta las oficinas del *Daily Telegraph,* para dar así un digno remate a las tareas de un día afortunado.

Mycroft Holmes y Lestrade, a los que Holmes había dado cita, vinieron a visitarnos al día siguiente después del desayuno, y Sherlock Holmes les hizo el relato de nuestras gestiones de la víspera. Al oír la confesión de nuestro allanamiento de morada, el detective profesional movió la cabeza y dijo:

—Nosotros, los del Cuerpo de Policía, no podemos hacer esas cosas, Holmes. No es de extrañar que consiga resultados superiores a los nuestros. Pero cualquier día de estos irán demasiado lejos y se encontrarán usted y su amigo en dificultades.

—¡Por Inglaterra, nuestros hogares y una mujer hermosa! Qué se nos da, ¿verdad, Watson? ¡Mártires en el altar de nuestro país! ¿Pero a ti que te parece, Mycroft?

—¡Magnífico, Sherlock! ¡Admirable! Pero, ¿en qué forma vas a emplear todo eso?

Holmes echó mano al *Daily Telegraph* que estaba encima de la mesa.

—¿No han visto ustedes el anuncio que hoy ha insertado *Pierrot?*

—¡Cómo! ¿Otro más?

—Sí. Óiganlo. «Esta noche. A la misma hora. Mismo lugar. Dos golpes. De absoluta necesidad. Va en ello su propia seguridad. - *Pierrot.*»

—¡Por vida de..., que si contesta al anuncio ya es nuestro! —exclamó Lestrade.

—Eso mismo pensé yo al ponerlo. Creo que si ustedes dos pudiesen venir con nosotros a Caulfield Gardens, quizás nos encontrásemos un poco más cerca de una solución.

Una de las más extraordinarias características de Sherlock Holmes era su capacidad para desembragar su cerebro de toda actividad, desviando sus pensamientos hacia cosas más livianas, así que llegaba al convencimiento de que nada podía adelantar en una determinada tarea. Recuerdo que durante todo aquel día memorable se enfrascó en una monografía que tenía empezada sobre *Los motetes polifónicos,* de Lassus. Yo, en cambio, carecía por completo de esa facultad de diversión, y el día, como es de suponer, me resultó interminable.

Todo convergió para excitar mis nervios: la extraordinaria importancia internacional de lo que allí se jugaba, la expectativa de las altas esferas, la índole directa del experimento que íbamos a llevar a cabo. Sentí alivio cuando, después de una cena ligera, nos pusimos en marcha para nuestra expedición. Lestrade y Mycroft se reunieron con nosotros delante de la estación de Gloucester Road, que era donde nos habíamos dado cita.

La noche anterior habíamos dejado abierta la puerta del sótano de la casa de Oberstein, y como Mycroft Holmes se negó de redondo, indignado, a trepar por la barandilla, Sherlock y yo no tuvimos más remedio que penetrar en la casa y abrir la puerta del vestíbulo. A eso de las nueve de la noche estábamos todos nosotros sentados en el despacho, esperando pacientemente a nuestro hombre.

Transcurrió una hora y luego otra. Cuando dieron las once, las acompasadas campanas del gran reloj de la iglesia parecieron doblar fúnebres nuestras esperanzas. Lestrade y Mycroft se movían nerviosos en sus asientos y cada cual miraba su reloj dos veces en un minuto. Holmes permanecía callado, pero sereno, con los párpados medio cerrados, pero con todos sus sentidos alerta.

Alzó la cabeza con un respingo súbito, y dijo:

—Ahí llega.

Por delante de la puerta se había oído los pasos furtivos de un hombre que cruzaba. Poco después se oyeron en sentido contrario. Luego, un arrastrar de pies y dos aldabonazos secos. Holmes, se levantó indicándonos que siguiésemos sentados. La luz de gas del vestíbulo era un simple puntito. Abrió la puerta exterior, y después que una negra figura pasó por delante de él, la cerró y aseguró.

«Por aquí», le oímos decir, y un instante después surgía ante nosotros nuestro hombre.

Holmes le había seguido de cerca, y cuando el desconocido se dio media vuelta, dejando escapar un grito de sorpresa y de alarma, él le sujetó por el cuello de la ropa, y lo volvió de un empujón a la habitación. Antes que hubiese recobrado el equilibrio, se cerró la puerta y Holmes apoyó en ella su espalda. Aquel hombre miró con ojos sin sentido. Con el golpe se le desprendió el sombrero de anchas alas, la bufanda que le tapaba la boca se le cayó, y quedaron al descubierto la barba rubia y sedosa y las facciones hermosas y delicadas del coronel Valentine Walter.

Holmes lanzó un silbido de sorpresa, y dijo:

—Esta vez, Watson, califíqueme en su relato como de burro completo. No era este el pájaro que yo esperaba.

—Pero, ¿quién es él? —preguntó Mycroft ansiosamente.

—El hermano más joven del difunto sir James Walter, jefe del Departamento de submarinos. Sí, sí; ya veo hacia qué lado se inclinan las cartas. Ya vuelve en sí. Creo que lo mejor sería que me dejasen que le interrogue.

Habíamos transportado hasta el sofá el cuerpo caído en el suelo. Nuestro preso acabó por incorporarse, miró a su alrededor con expresión de espanto, y se pasó la mano por la frente como quien no puede creer a sus propios sentidos. Luego le preguntó:

—¿Qué significa esto? Yo vine a visitar a míster Oberstein.

—Coronel Walter, se sabe ya todo —dijo Holmes—. Lo que rebasa mi comprensión es cómo un caballero inglés ha podido conducirse de esta manera. Pero estamos enterados de toda su correspondencia y de sus relaciones con Oberstein. Y también de las circunstancias en que halló la muerte el joven Cadogan West. Permítame que le aconseje que haga usted por ganar siquiera un poco de respeto mediante su arrepentimiento y su confesión en vista de que hay todavía algunos detalles que solo podemos saberlos de los labios de usted.

El coronel Walter gimió y hundió la cabeza entre las manos.

Nosotros esperábamos, pero él guardó silencio. Holmes le dijo:

—Puedo asegurarle que sabemos todo lo esencial. Sabemos que le urgía el dinero; que sacó usted un molde de las llaves que tenía su hermano; que se puso usted en correspondencia con Oberstein, y que este contestaba sus cartas mediante anuncios insertados en las columnas del *Daily Telegraph.* Sabemos que usted se digirió a las oficinas el lunes por la noche, aprovechando la niebla, y que el joven Cadogan West le vio y le siguió, porque tenía alguna razón para sospechar de usted. Le vio cuando usted estaba robando, pero le fue imposible dar la alarma, no constándole que no había ido por encargo de su hermano para llevarle los planos. West, abandonando todos sus asuntos particulares, como buen ciudadano que era, marchó detrás de usted oculto en la niebla y no le perdió la pista hasta que usted llegó a esta misma casa. Entonces intervino y usted, coronel Walter, agregó al crimen de traición el más terrible aún de asesinato.

—¡Yo no le maté! ¡No le maté! ¡Juro ante Dios que no le maté! —gritó nuestro desdichado preso.

—Pues entonces, cuéntenos de qué manera encontró Cadogan West su muerte antes que colocasen su cadáver encima del techo de un coche del ferrocarril.

—Se lo contaré. Le juro que se lo contaré. En lo demás sí que intervine. Lo confieso. Fue como usted dice. Yo tenía que pagar una deuda contraída en la Bolsa. Me era indispensable el dinero. Oberstein me ofreció cinco mil. Con aquello me salvaba de la ruina. Pero, por lo que respecta al asesinato, soy tan inocente como usted.

—¿Qué fue, pues, lo que ocurrió?

—Él venía sospechando de mí, y me siguió. Yo no me di cuenta hasta que llegué a esta misma puerta. La niebla era muy espesa y no se distinguía a tres metros de distancia. Yo había llamado con dos aldabonazos, y Oberstein había acudido a la puerta. Entonces, el joven se abalanzó hacia nosotros, y preguntó qué íbamos a hacer con los planos. Oberstein llevaba siempre una porra corta. Al intentar West meterse a viva fuerza en la casa, Oberstein le golpeó en la cabeza. El golpe fue mortal. Murió antes de cinco minutos. Allí quedó tendido en el vestíbulo, y nosotros nos quedamos sin saber qué hacer. De pronto se le ocurrió a Oberstein la idea esa de los trenes que se detenían debajo mismo de su ventana. Pero antes examinó los planos que yo había llevado. Me dijo que los esenciales eran tres, y que tendría que quedarse con ellos.

«No puede usted quedarse con ello —le dije—. Si no son devueltos a Woolwich se armará un jaleo espantoso.» «Es preciso que me quede con ellos —me contestó—, porque son de un tipo tan técnico que es imposible sacar copias en tan escaso tiempo.» Él meditó un momento y de pronto exclamó que ya había encontrado la solución, diciéndome: «Me guardaré tres. Los demás se los meteremos en el bolsillo a este joven. Cuando se descubra, todo el asunto se lo cargarán a él.» Yo no veía otra solución, y por eso obramos como él indicó. Esperamos media hora en la ventana hasta que se detuvo el tren. La niebla era tan espesa que no podía verse nada, y ninguna dificultad tuvimos en bajar el cadáver de West hasta el techo del tren. Mi intervención en el asunto terminó ahí.

—¿Y qué me cuenta de su hermano?

—Mi hermano no dijo una palabra, pero en una ocasión me había sorprendido con sus llaves, y creo que sospechaba. Leí en sus ojos que sospechaba. Como ya ustedes saben, no volvió a levantar cabeza.

Reinó el silencio en la habitación, Mycroft Holmes fue quien lo rompió:

—¿Y por qué no repara usted el daño que ha hecho? Con ello aliviaría su conciencia y quizá su castigo.

—¿Y qué clase de reparación puedo ofrecer?

—¿Dónde se encuentra Oberstein con los planos?

—Lo ignoro.

—¿No le dio alguna dirección?

—Me dijo que si le escribía al Hotel Du Louvre, en París, quizá le llegasen las cartas.

—Pues entonces, aún está usted en situación de reparar un mal —dijo Sherlock Holmes.

—Haré todo cuanto esté en mi mano. No precisamente es cariño lo que tengo a este individuo, que ha sido mi ruina y mi caída.

—Aquí tiene papel y pluma. Siéntese a esa mesa y escriba lo que le digo. Ponga en el sobre la dirección que le dio. Perfectamente. He aquí ahora la carta:

«Querido señor: Refiriéndome a nuestra transacción, habrá usted observado, sin duda y ahora, que falta en ella un detalle esencial. Dispongo de un dibujo con el cual quedará completo. Sin embargo, esto me ha ocasionado una molestia especial. Y no tengo más remedio que pedirle un nuevo adelanto de quinientas libras. No quiero confiarlo al correo, ni aceptaré nada como no sea oro o billetes. Habría ido a visitarle fuera de Inglaterra, pero el que yo saliese en esta ocasión del país llamaría la atención. Por consiguiente, espero encontrarme con usted en la sala de fumar del hotel Charing Cross, el sábado al mediodía. Billetes ingleses u oro únicamente. Recuérdelo.» Esto producirá efecto, y mucho me sorprendería si no nos entregase a nuestro hombre.

¡Y nos los entregó! Es asunto que pertenece ya a la historia; a esa historia secreta de una nación que suele ser con frecuencia mucho más íntima e interesante que sus relatos públicos. Oberstein, ansioso de completar el golpe maestro de toda su vida, acudió al reclamo, y pudo ser encerrado con seguridad durante quince años en un presidio de Inglaterra. Le fueron encontrados en su maleta los inapreciables planos del submarino *Bruce-Partington,* que él había puesto a subasta en todos los centros de Europa.

El coronel Walter falleció en la cárcel antes que se cumpliese el segundo año de su condena. En cuanto a Holmes, volvió reconfortado a su monografía sobre *Los motetes polifónicos,* de Lassus, que posteriormente fue impresa para distribuirse en círculos privados, y que, según dicen los técnicos, constituye la última palabra sobre el tema.

Unas semanas después me enteré por casualidad que mi amigo había pasado un día en Windsor, de donde regresó con un precioso alfiler de corbata de una esmeralda fina. Cuando le pregunté si lo había comprado, me dijo que era un regalo que le había hecho una generosa dama en interés de la cual había desempeñado un pequeño encargo con bastante fortuna. No hizo ningún otro comentario; pero creo saber la identidad de esa dama, y puedo suponer que el alfiler de esmeralda por siempre le traerá a su recuerdo la aventura de los planos del submarino *Bruce-Partington*

4. El detective agonizante

La casera de Sherlock Holmes, la señora Hudson, sabía lo que era sufrir. No bastando con ver invadido a todas horas su primer piso por gente extraña y muchas veces indeseables, también su notable huésped lucía una excentricidad y una forma irregular de vivir que de seguro le hacía la vida imposible. Su afición a la música a hora extraña, su infinito desorden, el usar el revólver en la habitación, sus experimentos científicos sumamente pestilentes, y la violencia y el peligro que le envolvía, hacían de él el peor inquilino de Londres.

Por otro lado, su pago era principesco. No me cabe duda de que podría haber comprado la casa por el precio que Holmes pagó por sus habitaciones en los años que estuve con él.

La patrona sentía el más profundo respeto hacia él y nunca se atrevía a llamarle al orden por molestas que le parecieran sus costumbres. Además, le tenía cariño, pues era un hombre de notable amabilidad y cortesía en su trato con las mujeres. Él las detestaba y desconfiaba de ellas, pero era siempre un adversario caballeroso. Sabiendo qué auténtica era su consideración hacia Holmes, escuché atentamente el relato que ella me hizo cuando vino a mi casa el segundo año de mi vida de casado y me habló de la triste situación a la que estaba reducido mi pobre amigo.

—Se muere, doctor Watson —dijo—. Lleva tres días hundiéndose, y dudo que dure el día de hoy. No me deja llamar a un médico. Esta mañana, cuando vi cómo se le salen los huesos de la cara, y cómo me miraba con sus grandes ojos brillantes, no pude resistir más. «Con su permiso o sin él, señor

Holmes, voy ahora mismo a buscar a un médico», dije. «Entonces, que sea Watson», dijo. Yo no perdería ni una hora en ir a verle, señor, o a lo mejor ya no lo ve vivo.

Me quedé horrorizado, pues no había sabido nada de su enfermedad.

Ni que decir tiene que me precipité a buscar mi abrigo y mi sombrero. Mientras íbamos en el coche, pregunté detalles.

—Tengo poco que contarle. Él había estado trabajando en un caso en Rotherhithe, en un callejón junto al río, y se ha traído la enfermedad con él. Se acostó el miércoles por la tarde y desde entonces no se ha movido. Durante esos tres días no ha comido ni bebido nada.

—¡Válgame Dios! ¿Por qué no llamó a su médico?

—Él no quería de ningún modo, doctor Watson. Ya sabe que dominante es. No me atreví a desobedecerle. Pero no va a durar mucho en este mundo, como verá usted mismo en el momento en que le ponga los ojos encima.

Cierto que era un espectáculo lamentable. En la media luz de un día neblinoso de noviembre, el cuarto del enfermo era un lugar tenebroso, y esa cara macilenta y consumida que me miraba fijamente desde la cama hizo pasar un escalofrío por mi corazón. Sus ojos tenían el brillo de la fiebre, sus mejillas estaban encendidas de un modo inquietante, y tenía los labios cubiertos de costras oscuras; las flacas manos sobre la colcha se agitaban convulsivamente, y su voz croaba de modo espasmódico. Siguió tendido inerte cuando entré en el cuarto, pero al verme hubo un fulgor de reconocimiento en sus ojos.

—Bueno, Watson, parece que hemos caído en malos días —dijo con voz débil, pero con algo de su vieja indolencia en sus modales.

—¡Mi querido amigo! —exclamé, acercándome a él.

—¡Atrás! ¡Échese atrás! —dijo, del modo tajante e imperioso que yo había visto en él solo en momentos de crisis—. Si se acerca a mí, Watson, mandaré echarle de casa.

—Pero ¿por qué?

—Porque ese es mi deseo. ¿No basta?

Sí, la señora Hudson tenía razón. Estaba más dominante que nunca. Sin embargo, era lamentable ver su agotamiento.

—¡Exactamente! Ayudará mejor haciendo lo que se le dice.

—Es verdad, Holmes.

Él suavizó la dureza de sus maneras.

—¿No estará irritado? —preguntó, jadeando para obtener aliento.

Pobre hombre, ¿cómo iba yo a estar irritado al verlo tendido en tal situación frente a mí?

—Es por su bien, Watson —coreó.

—¿Por mi bien?

—Sé lo que me pasa. Es una enfermedad de los culis de Sumatra, algo que los holandeses conocen mejor que nosotros, aunque hasta ahora no han conseguido mucho. Solo una cosa es cierta. Es mortal de necesidad, y es terriblemente contagiosa.

Ahora hablaba con una energía febril, con las largas manos convulsionándose y sacudiéndose en gestos para que me alejara.

—Contagiosa por contacto; eso es. Mantenga la distancia y todo irá bien.

—¡Válgame Dios, Holmes! ¿Supone que eso va a influir en mí por un momento? No me afectaría en el caso de un desconocido. ¿Se imagina que me impediría cumplir mi deber con tan viejo amigo?

Volví a avanzar, pero me rechazó con una mirada de cólera furiosa.

—Si se queda ahí, le hablaré. Si no, tiene que marcharse de este cuarto.

Siento tan profundo respeto por las extraordinarias cualidades de Holmes, que siempre he obedecido a sus deseos, aun cuando menos los entendiera. Pero ahora todo mi instinto profesional estaba excitado. Aunque él fuera mi jefe en otro sitio, en un cuarto de un enfermo yo era el suyo.

—Holmes —dije—, usted no es usted mismo. Un enfermo es solo un niño, y así le voy a tratar. Quiéralo o no, voy a examinar sus síntomas y lo voy a tratar.

Me miró con ojos venenosos.

—Si debo tener un médico, quiéralo o no, por lo menos que sea uno en quien tenga confianza —dijo.

—¿Entonces no la tiene en mí?

—En su amistad, ciertamente. Pero los hechos son los hechos, Watson, y después de todo, usted es solo un médico general de experiencia muy limitada y de títulos mediocres. Es doloroso tener que decir estas cosas, pero me obliga a ello.

Me sentí muy ofendido.

—Tal observación no es digna de usted, Holmes. Me muestra muy claramente el estado de sus nervios. Pero si no tiene confianza en mí, no le impondré mis servicios. Traigamos a sir Jasper Meek, o Penrose Fisher, o cualquiera de los mejores de Londres. Pero alguno tiene que aceptar, y eso es definitivo. Si cree que voy a quedarme aquí quieto, viéndole morir sin ayudarle bien por mí mismo o bien trayendo otro para que le ayude, se ha equivocado de persona.

—Tiene buenas intenciones, Watson —dijo el enfermo, con algo entre un sollozo y un gemido—. ¿Tengo que demostrarle su propia ignorancia? ¿Qué sabe usted, por favor, de la fiebre Tapanuli? ¿Qué sabe de la corrupción negra de Formosa?

—No he oído hablar de ninguna de las dos cosas.

—En Oriente, Watson, hay muchos problemas de enfermedades, muchas posibilidades patológicas extrañas. —Se contenía después de cada frase para concentrar su menguante energía—. He aprendido mucho en algunas investigaciones recientes de índole médico-criminal. En el transcurso de ellas he dado con esa enfermedad. Usted no puede hacer nada.

—Quizá no. Pero por casualidad sé que el doctor Ainstree, la mayor autoridad viviente en enfermedades tropicales, está ahora en Londres. Es inútil toda protesta, Holmes. Voy a buscarle ahora mismo —y me dirigí decidido hacia la puerta.

¡Nunca he sufrido tal choque! En un momento, con un salto de tigre, el agonizante me había interceptado. Oí el brusco chasquido de una llave al girar. Un momento después, volvió tambaleante a su cama, agotado y jadeante después de esa única llamarada de energía.

—No me quitará la llave por la fuerza, Watson. Ya le tengo, amigo mío. Aquí está, y aquí se quedará hasta que yo disponga otra cosa. Pero estoy dispuesto a entretenerlo —todo eso en breves jadeos, con terribles luchas en medio, buscando aliento—. Solo piensa usted en mi propio bien. Se saldrá con la suya, pero deme tiempo de reunir fuerzas. Ahora no, Watson, ahora no. Son las cuatro. A las seis se puede ir.

—Eso es una locura, Holmes.

—Solo dos horas, Watson. Le prometo que se irá a las seis. ¿Está contento de esperar?

—Parece que no tengo alternativa.

—En absoluto, Watson. Gracias, no necesito ayuda para arreglar la ropa de la cama. Usted, por favor, guarde la distancia. Bueno, Watson, solo hay otra condición que yo pondría.

Usted buscará ayuda, pero no del médico que ha mencionado, sino del que elija yo.

—No faltaba más.

—Las tres primeras palabras sensatas que ha pronunciado desde que entró en este cuarto, Watson. Ahí encontrará algunos libros. Estoy un tanto agotado; no sé cómo se sentirá una batería cuando vierte la electricidad en un cuerpo no conductor. A las seis, Watson, reanudaremos nuestra conversación.

Pero estaba destinada a reanudarse mucho antes de esa hora, y en circunstancias que me ocasionaron una sacudida solo inferior a la causada por su salto a la puerta. Yo llevaba varios minutos mirando la silenciosa figura que había en la cama. Tenía la cara casi cubierta y parecía dormir. Entonces, incapaz de quedarme sentado leyendo, me paseé despacio por el cuarto, examinando los retratos de delincuentes célebres con que estaba adornado. Al fin, en mi paseo sin objetivo, llegué ante la repisa de la chimenea. Sobre ella se dispersaba un caos de pipas, bolsas de tabaco, jeringas, cortaplumas, cartuchos de revólver y otros chismes. En medio de todo esto, había una cajita blanca y negra, de marfil, con una tapa deslizante. Era una cosita muy bonita; había extendido yo la mano para examinarla más de cerca cuando...

Fue terrible el grito que dio..., un aullido que se podía haber oído desde la calle. Sentí frío en la piel y el pelo se me erizó de tan horrible chillido. Al volverme, vislumbré un atisbo de cara convulsa y unos ojos frenéticos. Me quedé paralizado, con la cajita en la mano.

—¡Deje eso! ¡Déjelo ahora mismo, Watson! ¡Ahora mismo, digo! —cuando volví a poner la caja en la repisa, su cabeza volvió a hundirse en la almohada, y lanzó un hondo suspiro de alivio—. Me molesta que se toquen mis cosas, Watson. Ya sabe que me molesta. Usted enreda más de lo tolerable. Usted, un médico..., es bastante como para mandar a un paciente al manicomio. ¡Siéntese, hombre, y déjeme reposar!

Ese incidente dejó en mi ánimo una impresión muy desagradable. La violenta excitación sin motivo, seguida por esa brutalidad de lenguaje, tan lejana de su acostumbrada suavidad, me mostraba qué profunda era la desorganización de su mente. De todas las ruinas, la de una mente noble es la más deplorable. Yo seguí sentado en silenciosa depresión hasta que pasó el tiempo estipulado. Él parecía haber observado el reloj tanto como yo, pues apenas eran las seis cuando empezó a hablar con la misma excitación febril de antes.

—Bueno, Watson —dijo—. ¿Lleva cambio en el bolsillo?

—Sí.

—¿Algo de plata?

—Bastante.

—¿Cuántas coronas?

—Tengo cinco.

—¡Ah, demasiado pocas! ¡Demasiado pocas! ¡Qué mala suerte, Watson! Sin embargo, tal como son, métaselas en el bolsillo del reloj, y todo su otro dinero, en el bolsillo izquierdo del pantalón. Gracias. Así se equilibrará mucho mejor.

Era una locura delirante. Se estremeció y volvió a emitir un ruido entre la tos y el sollozo.

—Ahora encienda el gas, Watson, pero tenga mucho cuidado de que ni por un momento pase de la mitad. Le ruego que tenga cuidado, Watson. Gracias, así está muy bien. No, no hace falta que baje la cortinilla. Ahora tenga la bondad de poner unas cartas y papeles en esa mesa a mi alcance. Gracias. Ahora algo de esos trastos de la repisa. ¡Excelente, Watson! Ahí hay unas pinzas de azúcar. Tenga la bondad de levantar con ayuda de ellas esa cajita de marfil. Póngala ahí entre los papeles. ¡Bien! Ahora puede ir a buscar al señor Culverton Smith, en Lower Street, 13.

—Nunca he oído tal nombre —dije.

—Quizá no, mi buen Watson. A lo mejor le sorprende saber que el hombre que más entiende en el mundo sobre esta enfermedad no es un médico, sino un plantador. El señor Culverton Smith es un conocido súbdito de Sumatra, que ahora se encuentra de viaje en Londres. Una irrupción de esta enfermedad en su plantación, que estaba muy lejos de toda ayuda médica, le hizo estudiarla él mismo, con consecuencias de gran alcance. Es una persona muy metódica, y no quise que se pusiera usted en marcha antes de las seis porque sabía muy bien que no lo encontraría en su estudio. Si pudiera persuadirle para que viniera aquí y nos hiciera beneficiarios de su experiencia impar en esta enfermedad, cuya investigación es su entretenimiento favorito, no dudo que me ayudaría.

Doy las palabras de Holmes como un todo consecutivo, y no voy a intentar reproducir cómo se interrumpían con jadeos tratando de recobrar el aliento y con apretones de manos que indicaban el dolor que sufría. Su aspecto había empeorado en las pocas horas que llevaba yo con él. Sus colores febriles estaban más pronunciados, los ojos brillaban más desde unos huecos más oscuros, y un sudor frío recorría su frente. Sin embargo, conservaba su confiada vivacidad de lenguaje. Hasta el último jadeo, seguiría siendo el jefe.

—Le dirá exactamente cómo me ha dejado —dijo—. Le transmitirá la misma impresión que hay en su mente, un agonizante, un agonizante que delira. En efecto, no puedo pensar por qué todo el cauce del océano no es una masa maciza de ostras, si tan prolíficas parecen. ¡Ah, estoy divagando! ¡Qué raro, cómo el cerebro controla el cerebro! ¿Qué iba diciendo, Watson? Mis instrucciones para el señor Culverton Smith. Ah, sí, ya me acuerdo. Mi vida depende de eso. Convénzale, Watson. No hay buenas relaciones entre nosotros. Su sobrino, Watson..., sospechaba yo algo sucio y le permití verlo. El muchacho murió horriblemente. Tiene un agravio contra mí. Usted le ablandará, Watson. Ruéguele, pídaselo, tráigale aquí como sea. Él puede salvarme, ¡solo él!

—Le traeré un coche de punto, si le tengo que traer como sea.

—No haga nada de eso. Usted le convencerá para que venga. Y luego volverá antes que él. Ponga alguna excusa para no volver con él. No lo olvide, Watson. No me vaya a fallar. Usted nunca me ha fallado. Sin duda, hay enemigos naturales que limitan el aumento de las criaturas. Usted y yo, Watson, hemos hecho nuestra parte. ¿Va a quedar el mundo, entonces, invadido por las ostras? ¡No, no, es horrible! Transmítale todo lo que hay en su mente.

Le dejé con la imagen de ese magnífico intelecto balbuceando como un niño estúpido. Él me había entregado la llave, y con una feliz ocurrencia, me la llevé conmigo, no fuera a cerrar él mismo. La señora Hudson esperaba, temblaba y lloraba en el pasillo. Detrás de mí, al salir del piso, oí la voz alta y fina de Holmes en alguna salmodia delirante. Abajo, mientras yo silbaba llamando a un coche de punto, se me acercó un hombre entre la niebla.

—¿Cómo está el señor Holmes? —preguntó.

Era un viejo conocido, el inspector Cortón, de Scotland Yard, vestido con ropas nada oficiales.

—Está muy enfermo —contesté.

Me miró de un modo muy raro. Si no hubiera sido demasiado diabólico, podría haber imaginado que la luz del farol de gas mostraba exultación en su cara.

—Había oído rumores de eso —dijo.

El coche me esperaba ya y le dejé.

Lower Burle Street resultó ser una línea de bonitas casas extendidas en la vaga zona limítrofe entre Notting Hill y Kensington. La casa ante la cual se detuvo mi cochero tenía un aire de ufana y solemne respetabilidad en sus verjas de hierro pasadas de moda, su enorme puerta plegadiza y sus dorados relucientes. Todo estaba en armonía con un solemne mayordomo que apareció enmarcado en el fulgor rosado de una luz eléctrica coloreada que había detrás de él.

—Sí, el señor Culverton Smith está en casa. ¡El doctor Watson! Muy bien, señor, subiré su tarjeta.

Mi humilde nombre y mi título no parecieron impresionar al señor Culverton Smith. A través de la puerta medio abierta oí una voz aguda, petulante y penetrante:

—¿Quién es esa persona? ¿Qué quiere? Caramba, Staples, ¿cuántas veces tengo que decir que no quiero que me molesten en mis horas de estudio?

Hubo un suave chorro de respetuosas explicaciones por parte del mayordomo.

—Bueno, no lo voy a ver, Staples, no puedo dejar que se interrumpa así mi trabajo. No estoy en casa. Dígaselo. Dígale que venga por la mañana si quiere verme realmente.

Otra vez el suave murmullo.

—Bueno, bueno, dele ese recado. Puede venir por la mañana o puede no volver. Mi trabajo no tiene que sufrir obstáculos.

Pensé en Holmes revolviéndose en su lecho de enfermo, y contando los minutos, quizá, hasta que pudiera proporcionarle ayuda. No era un momento como para detenerse en ceremonias. Su vida dependía de mi prontitud. Antes de que aquel mayordomo, todo excusas, me entregara su mensaje, me abrí paso de un empujón, dejándole atrás, y estaba ya en el cuarto.

Con un agudo grito de cólera, un hombre se levantó de una butaca colocada junto al fuego. Vi una gran cara amarilla, de áspera textura y grasienta, de gruesa papada, y unos ojos feroces y amenazadores que fulguraban hacía mí por debajo de unas pobladas cejas color de arena. Su alargada cabeza calva llevaba una gorrita de estar en casa, de terciopelo, inclinada con coquetería hacia un lado de su curva rosada. El cráneo era de enorme capacidad, y sin embargo, bajando los ojos, vi con asombro que la figura de ese hombre era pequeña y frágil, y retorcida por los hombros y la espalda como quien ha sufrido raquitismo desde su infancia.

—¿Qué es esto? —gritó con voz aguda y chillona—. ¿Qué significa esa intrusión? ¿No le mandé recado de que viniera mañana por la mañana?

—Lo siento —dije—, pero el asunto no se puede aplazar. El señor Sherlock Holmes...

El pronunciar el nombre de mi amigo tuvo un extraordinario efecto en el hombrecillo. El aire de cólera desapareció en un momento de su cara, y sus rasgos se pusieron tensos y alertados.

—¿Viene de parte de Holmes? —preguntó.

—Acabo de dejarle.

—¿Qué hay de Holmes? ¿Cómo está?

—Está gravísimamente enfermo. Por eso he venido.

El hombre mi hizo señal de que me sentara en una butaca y se volvió para sentarse otra vez en la suya. Al hacerlo así, vislumbré un atisbo de su cara en el espejo de encima de la chimenea. Hubiera podido jurar que mostraba una maliciosa y abominable sonrisa. Pero me convencí de que debía ser alguna contracción nerviosa que yo había sorprendido, pues un momento después se volvió hacia mí con auténtica preocupación en sus facciones.

—Lamento saberlo —dijo—. Solo conozco al señor Holmes a través de algunos asuntos de negocios que hemos tenido, pero siento gran respeto hacia su talento y su personalidad. Es un aficionado del crimen, como yo de la enfermedad. Para él, el delincuente; para mí, el microbio. Ahí están mis prisiones —continuó, señalando una hilera de botellas y tarros en una mesita lateral—. Entre esos cultivos de gelatina, están cumpliendo su condena algunos de los peores delincuentes del mundo.

—Por su especial conocimiento del tema, es por lo que deseaba verle el señor Holmes. Tiene una elevada opinión de usted, y pensó que era la única persona en Londres que podría ayudarle.

El hombrecillo se sobresaltó, y la elegante gorrita resbaló al suelo.

—¿Por qué? —preguntó—. ¿Por qué iba a pensar el señor Holmes que yo le podía ayudar en su dificultad?

—Por su conocimiento de las enfermedades orientales.

—Pero ¿por qué iba a pensar que esa enfermedad que ha contraído es oriental?

—Porque en unas averiguaciones profesionales, ha trabajado con unos marineros chinos en los muelles.

El señor Culverton Smith sonrió agradablemente y recogió su gorrita.

—Ah, es eso —dijo—, ¿es eso? Confío en que el asunto no sea tan grave como usted supone. ¿Cuánto tiempo lleva enfermo?

—Unos tres días.

—¿Con delirios?

—De vez en cuando.

—¡Vaya, vaya! Eso parece serio. Sería inhumano no responder a su llamada. Lamento mucho esta interrupción en mi trabajo, doctor Watson, pero este caso ciertamente es excepcional. Iré con usted enseguida.

Recordé la indicación de Holmes.

—Tengo otro recado que hacer —dije.

—Muy bien. Iré solo. Tengo anotada la dirección del señor Holmes. Puede estar seguro de que estaré allí antes de media hora.

Volví a entrar en la alcoba de Holmes con el corazón abatido. Tal como lo dejé, en mi ausencia podía haber ocurrido lo peor. Para mi enorme alivio, había mejorado mucho en el intervalo. Su aspecto era tan espectral como antes, pero había desaparecido toda huella de delirio y hablaba con una voz débil, en verdad, pero con algo de su habitual claridad y lucidez.

—Bueno, ¿le ha visto, Watson?

—Sí, ya viene.

—¡Admirable, Watson! ¡Admirable! Es usted el mejor de los mensajeros.

—Deseaba volver conmigo.

—Eso no hubiera valido, Watson. Sería obviamente imposible. ¿Preguntó qué enfermedad tenía yo?

—Le hablé de los chinos en el East End.

—¡Exactamente! Bueno, Watson, ha hecho todo lo que podía hacer un buen amigo. Ahora puede desaparecer de la escena.

—Debo esperar a oír su opinión, Holmes.

—Claro que debe. Pero tengo razones para suponer que esa opinión será mucho más franca y valiosa si se imaginara que estamos solos. Queda el sitio justo detrás de la cabecera de mi cama.

—¡Mi querido Holmes!

—Me temo que no hay alternativa, Watson. El cuarto no se presta a esconderse, pero es preciso que lo haga, porque así es menos probable que despierte sospechas. Pero ahí mismo, Watson, se me antoja que podría hacerse el trabajo. —De repente se incorporó con rígida atención en su cara hosca—. Ya se oyen las ruedas, Watson. ¡Pronto, hombre, si de verdad me aprecia! Y no se mueva, pase lo que pase..., pase lo que pase, ¿me oye? ¡No hable! ¡No se mueva! escuche con toda atención.

Luego, en un momento, desapareció su súbito acceso de energía, y sus palabras dominantes y llenas de sentido se extinguieron en los sordos y vagos murmullos de un hombre delirante.

Desde el escondite donde me había metido tan rápidamente, oí los pasos por la escalera, y la puerta de la alcoba que se abría y cerraba. Luego, para mi sorpresa, hubo un largo silencio, roto solo por el pesado aliento y jadeo del enfermo. Pude imaginar que nuestro visitante estaba de pie junto a la cama y miraba al que sufría. Por fin se rompió ese extraño silencio.

—¡Holmes! —gritó—. ¡Holmes! —con el tono insistente de quien despierta a un dormido—. ¿Me oye, Holmes? —hubo un roce, como si hubiera sacudido bruscamente al enfermo por el hombro.

—¿Es usted, señor Smith? —susurró Holmes—. Tenía pocas esperanzas de que viniera.

El otro se rio.

—Ya me imagino que no —dijo—. Y sin embargo, ya ve que estoy aquí. ¡Remordimientos de conciencia!

—Es muy bueno de su parte, muy noble. Aprecio mucho sus especiales conocimientos.

Nuestro visitante lanzó una risita.

—Claro que sí. Por suerte, usted es el único hombre en Londres que los aprecia. ¿Sabe lo que le pasa?

—Lo mismo —dijo Holmes.

—¡Ah! ¿Reconoce los síntomas?

—De sobra.

—Bueno, no me extrañaría, Holmes. No me extrañaría que fuera lo mismo. Una mala perspectiva para usted si lo es. El pobre Víctor se murió a los cuatro días; un muchacho fuerte, vigoroso. Como dijo usted, era muy chocante que hubiera contraído una extraña enfermedad, que, además, yo había estudiado especialmente. Singular coincidencia, Holmes. Fue usted muy listo al darse cuenta, pero poco caritativo al sugerir que fuera causa y efecto.

—Sabía que lo hizo usted.

—¿Ah, sí? Bueno, usted no pudo probarlo, en todo caso. Pero ¿qué piensa de usted mismo, difundiendo informes así sobre mí, y luego arrastrándose para que le ayude en el momento en que está en apuros? Qué clase de juego es este, ¿eh?

Oí el aliento ronco y trabajoso del enfermo.

—¡Deme agua! —jadeó.

—Está usted cerca de su fin, amigo mío, pero no quiero que se vaya hasta que tenga yo unas palabras con usted. Por eso le doy agua. Ea, ¡no la vierta por ahí! Está bien. ¿Entiende lo que le digo?

Holmes gimió.

—Haga por mí lo que pueda. Lo pasado, pasado —susurró—. Yo me quitaré de la cabeza esas palabras: juro que lo haré. Solo cúreme y lo haré.

—Olvidará, ¿qué?

—Bueno, lo de la muerte de Víctor Savage. Usted casi reconoció que lo había hecho. Lo olvidaré.

—Puede olvidarlo o recordarlo, como le parezca. No le veo declarando en la tribuna de los testigos. Le veo entre otras maderas de forma muy diferente, mi buen Holmes, se lo aseguro. No me importa nada que sepa cómo murió mi sobrino. No es de él de quien hablamos. Es de usted.

—Sí, sí.

—El tipo que vino a buscarme, no recuerdo cómo se llama, dijo que había contraído esa enfermedad en el *East End* entre los marineros.

—Solo así me lo puedo explicar.

—Usted está orgulloso de su cerebro, Holmes, ¿verdad? Se considera listo, ¿no? Esta vez se ha encontrado con otro más listo. Ahora vuelva la vista atrás, Holmes. ¿No se imagina de otro modo cómo podría haber contraído eso?

—No puedo pensar. He perdido la razón. ¡Ayúdeme, por Dios!

—Sí, le ayudaré. Le ayudaré a entender dónde está y cómo ha venido a parar a esto. Me gustaría que lo supiera antes de morir.

—Deme algo para aliviarme el dolor.

—Es doloroso, ¿verdad? Sí, los culis solían chillar un poco al final. Le entra como un espasmo, imagino.

—Sí, sí; es un espasmo.

—Bueno, de todos modos, puede oír lo que digo. ¡Escuche ahora! ¿No recuerda algún incidente desacostumbrado en su vida poco antes de que empezaran sus síntomas?

—No, no, nada.

—Vuelva a pensar.

—Estoy demasiado mal para pensar.

—Bueno, entonces, le ayudaré. ¿Le llegó algo por correo?

—¿Por correo?

—¿Una caja, por casualidad?

—Me desmayo. ¡Me muero!

—¡Escuche, Holmes! —hubo un ruido como si sacudiera al agonizante, y yo hice lo que pude para seguir callado en mi escondite—. Debe oírme. Me va a oír. ¿Recuerda una caja; una caja de marfil? Llegó el miércoles. Usted la abrió, ¿recuerda?

—Sí, sí, la abrí. Dentro había un resorte agudo. Alguna broma...

—No fue una broma, como verá a su propia costa. Idiota, usted se empeñó y ya lo tiene. ¿Quién le mandó cruzarse en mi camino? Si me hubiera dejado en paz, yo no le habría hecho nada.

—Recuerdo —jadeó Holmes—. ¡El resorte! Me hizo sangre. Esa caja... está en la mesa.

—¡Esa misma, caramba! Y más vale que salga del cuarto en mi bolsillo. Aquí va su último jirón de pruebas. Pero ya tiene la verdad, Holmes, y puede morirse sabiendo que yo le maté. Usted sabía demasiado del destino de Víctor Savage, así que le he enviado a compartirlo. Está usted muy cerca de su final, Holmes. Me quedaré aquí sentado y le veré como se muere.

La voz de Holmes había bajado a un susurro casi inaudible.

—¿Qué es eso? —dijo Smith—. ¿Subir el gas? Ah, las sombras empiezan a caer, ¿verdad? Sí, lo subiré para que me vea mejor. —Cruzó el cuarto y la luz de repente se hizo más brillante—. ¿Hay algún otro servicio que pueda hacerle, amigo mío?

—Un fósforo y un cigarrillo.

Casi grité de alegría y asombro. Hablaba con su voz natural; un poco débil, quizá, pero la misma que yo conocía. Hubo una larga pausa y noté que Culverton estaba parado, mirando mudo de asombro a su compañero.

—¿Qué significa esto? —le oí decir al fin, en tono seco y ronco.

—El mejor modo de representar un personaje —dijo Holmes—. Le doy mi palabra de que desde hace tres días no he probado de comer ni de beber hasta que usted ha tenido la bondad de darme un vaso de agua. Pero el tabaco es lo que encuentro más molesto. Ah, ahí unos cigarrillos. —Oí rascar un fósforo—. Esto está mucho mejor. ¡Hola, hola! ¿Oigo los pasos de un amigo?

Fuera se oyeron unas pisadas, se abrió la puerta y apareció el inspector Morton.

—Todo está en orden y aquí tiene a su hombre —dijo Holmes.

El policía hizo las advertencias de rigor.

—Le detengo acusado del asesinato de un tal Víctor Savage —concluyó.

—Y podría añadir que por intento de asesinato de un tal Sherlock Holmes —observó mi amigo con una risita—. Para ahorrar molestias a un inválido, el señor Culverton Smith tuvo la bondad de dar nuestra señal subiendo el gas. Por cierto, el detenido tiene en el bolsillo derecho de la chaqueta una cajita que valdría más quitar de en medio. Gracias. Yo la trataría con cuidado si fuera usted. Déjela ahí. Puede desempeñar su papel en el juicio.

Hubo una súbita agitación y un forcejeo, seguido por un ruido de hierro y un grito de dolor.

—No conseguirá más que hacerse daño —dijo el inspector—. Quédese quieto, ¿quiere?

Sonó el ruido de las esposas al cerrarse.

—¡Bonita trampa! —gritó la voz aguda y gruñona—. Esto le llevará al banquillo a usted, Holmes, no a mí. Me pidió que viniera aquí a curarle. Me compadecí y vine. Ahora sin duda inventará que he dicho algo para apoyar sus sospechas demenciales. Puede mentir como guste, Holmes. Mi palabra es tan buena como la suya.

—¡Válgame Dios! —gritó Holmes—. Se me había olvidado del todo. Mi querido Watson, le debo mil excusas. ¡Pensar que le he pasado por alto! No necesito presentarle al señor Culverton Smith, ya que entiendo que le ha conocido antes, esta tarde. ¿Tiene abajo el coche a punto? Le seguiré en cuanto me vista; quizá sea útil en la comisaría.

»Nunca me había hecho más falta —dijo Holmes, mientras se reanimaba con un vaso de borgoña y unas galletas, en los al mismo tiempo que se aseaba—. De todos modos, como usted sabe, mis costumbres son irregulares, y tal hazaña significa para mí menos que para la mayoría de los hombres. Era esencial que hiciera creer a la señora Hudson en la realidad de mi situación, puesto que ella debía de transmitírsela a usted. ¿No se habrá ofendido, Watson? Se dará cuenta de que, entre sus muchos talentos, no hay lugar para el disimulo. Nunca habría sido capaz de darle a Smith la impresión de que su presencia era urgentemente necesaria, lo cual era el punto vital de todo el proyecto. Conociendo su naturaleza vengativa, seguro que vendría a ver su obra.

—Pero ¿y su aspecto, Holmes, su cara fantasmal?

—Tres días de completo ayuno no mejoran la belleza de uno, Watson. Por lo demás, pasando una esponja con vaselina por la frente y poniendo belladona en los ojos, colorete en los pómulos y costras de cera en los labios, se puede producir un efecto muy satisfactorio. Fingir enfermedades es un tema sobre el que he pensado a veces escribir una monografía. Un poco de charla ocasional sobre medias coronas, ostras o cualquier otro tema extraño produce suficiente impresión de delirio.

—Pero, ¿por qué no me quiso dejar que me acercara, puesto que en realidad no había infección?

—¿Y usted lo pregunta, querido Watson? ¿Se imagina que no tengo respeto a su talento médico? ¿Podía imaginar yo que su astuto juicio iba a aceptar a un agonizante que, aunque débil, no tenía el pulso ni la temperatura anormal? A cuatro pasos se le podía engañar. Si no conseguía engañarle, ¿quién iba a traer a Smith a mi alcance? No, Watson, mejor no tocar esa caja. Si la mira de lado, el resorte agudo que sale cuando se abre. Me atrevo a decir que fue con un recurso así con lo que halló la muerte el pobre Savage, que se interponía entre ese monstruo y una herencia. Sin embargo, como sabe, es muy variada mi correspondencia, y estoy un tanto en guardia contra cualquier paquete que me llegue. Pero me dio la sensación de que estaba fingiendo que él había logrado realmente su cometido, podría sacarle una confesión. Y he llevado a cabo ese proyecto perfectamente como un verdadero artista. Gracias, Watson, me tiene que echar una mano para ponerme la chaqueta. Al terminar en la comisaría, deberíamos ir por algo nutritivo en Simpson's.

5. La desaparición de Lady Frances Carfax

Me encontraba reclinado en una silla de respaldo de rejilla, y mis pies, que sobresalían, habían atraído la atención de Holmes.

—¿Por qué turcos? —me preguntó al ver mis botines.

—Ingleses —respondí con sorpresa—. Me los compré en Latimer's, en la calle Oxford.

Holmes sonrió.

—¡Los baños! —dijo—; ¡los baños! ¿Por qué los turcos relajantes y caros, en vez del estimulante artículo casero?

—Porque últimamente me he sentido reumático y viejo. El baño turco es lo que en Medicina llamamos alterante, un nuevo punto de partida, un purificador del sistema. Por cierto, Holmes —añadí—, no me cabe duda de que la relación entre mis botas y los baños turcos resulta perfectamente evidente para un cerebro lógico; no obstante, le agradecería mucho que me la explicase.

—El hilo de razonamiento no es muy oscuro, Watson —dijo Holmes, con un guiño malicioso—. Pertenece a la misma clase elemental de deducción que ilustraría si le preguntase con quién compartió el coche en su paseo de esta mañana.

—No admito que un nuevo ejemplo pueda servir de explicación —dije, con tono áspero.

—¡Bravo, Watson! Una reconvención digna y lógica. Veamos, ¿cuáles eran los puntos? Empecemos por el último: el coche. Observará que tiene usted unas salpicaduras en la manga izquierda y la hombrera de su gabán. Si hubiera ido sentado en el centro de un cabriolé, probablemente no llevaría esas salpicaduras, y en el caso de que las llevase, serían sin duda simétricas. Así que está claro que ha ido sentado en uno de los lados, razón por la que queda igualmente claro que iba acompañado.

—Eso es evidente.

—Absurdamente común, ¿verdad?

—¿Pero y los botines y el baño?

—Igual de pueril. Tiene usted la costumbre de abrocharse los botines de una forma determinada. En esta ocasión veo que los tiene atados con un elaborado doble lazo, que no es su método habitual de hacerlo. Por lo tanto, se los ha quitado. ¿Quién se los ha atado? Un zapatero, o el mozo del salón de baños. Es poco probable que haya sido el zapatero, ya que sus botines están nuevos. ¿Qué queda? Los baños. ¡Qué bobada! ¿Verdad? Pero en cualquier caso, el baño turco ha cumplido una finalidad.

—¿De qué se trata?

—Dice que los ha estado tomando porque necesita un cambio. Permítame que le sugiera uno. ¿Cómo le sentaría Lausanne, mi querido Watson, en asiento de primera con todos los gastos pagados con generosidad principesca?

—¡Qué maravilla! Pero ¿por qué?

Holmes se arrellanó en su sillón y se sacó del bolsillo el cuaderno de anotaciones.

—Uno de los tipos de persona más peligrosos del mundo —dijo—, es la mujer sin rumbo y sin amigos. Es la más inofensiva, y con frecuencia la más servicial de los mortales, pero también una inevitable incitación al crimen para los demás. Está desvalida. Suele ser migratoria. Tiene medios suficientes para desplazarse de país en país, de hotel en hotel. Se pierde, con frecuencia, en un laberinto de oscuras pensiones y casas de huéspedes. Es una gallina que se ha salido del corral en un mundo de zorros. Cuando la devoran, nadie la echa de menos. Me temo que algo malo le ha ocurrido a lady Frances Carfax.

Me alivió su súbito descenso de lo general a lo particular.

Holmes consultó sus anotaciones.

—Lady Frances —prosiguió— es la única superviviente por línea directa de la familia del fallecido conde de Rufton. Las fincas, como quizá recordará, pasaron a manos de los sucesores masculinos. Ella quedó con medios limitados, pero con sus extraordinarias alhajas antiguas españolas, de plata y diamantes, curiosamente talladas, a las que siempre ha estado muy apegada, incluso demasiado, porque nunca consintió en dejarlas a buen recaudo en el banco, llevándoselas en todos sus viajes. Una figura patética, lady Frances; una mujer hermosa, de mediana edad, aún fresca y sin embargo, por un extraño destino, es el último resto del naufragio de lo que hace solo veinte años era una flota espléndida.

—¿Y qué es lo que le ha ocurrido?

—¡Ah! ¿Qué le ha ocurrido a lady Frances? ¿Está viva, o está muerta? He aquí nuestro problema. Es una dama de costumbres regulares, y durante cuatro años ha conservado el hábito invariable de escribir cada dos semanas a Miss Dobney, su antigua institutriz, que se retiró hace tiempo y vive en Camberwell. Es Miss Dobney quien me ha consultado. Hace casi cinco semanas que no recibe noticias. La última carta se la escribió desde el hotel National, en Lausanne. Según parece, lady Frances se fue de allí sin dejar dirección. La familia está angustiada y, como son inmensamente ricos, no repararán en medios para ayudarnos a esclarecer el asunto.

—¿Es Miss Dobney la única fuente de información? ¿No mantenía correspondencia con nadie más?

—Sí, con alguien cuyos datos no fallan, Watson. Me refiero al banco. Las damas solteras tiene que vivir y sus libretas bancarias son como diarios resumidos. Guarda su dinero en el Silvester. Le he echado un vistazo a su cuenta. El penúltimo cheque fue para pagar la cuenta del hotel de Lausanne, pero lo extendió por una cantidad muy elevada, que probablemente la dejó con efectivo en mano. Solo ha girado un cheque desde entonces.

—¿A quién, y dónde?

—A Miss Marie Devine. No tenemos nada que nos indique dónde fue extendido. Fue cobrado en el Credit Lyonnais de Montpellier hace menos de tres semanas. Era de cincuenta libras.

—¿Y quién es Miss Marie Devine?

—Eso también he podido descubrirlo. Miss Marie Devine era la sirviente de lady Frances Carfax. Pero no hemos logrado averiguar por qué le pagó ese cheque. No obstante, estoy convencido de que sus pesquisas no tardarán en resolver el caso.

—¡Mis pesquisas!

—De ahí su cura de salud en Lausanne. Sabe muy bien que no puedo irme de Londres mientras el viejo Abrahams tema tan mortalmente por su vida. En Scotland Yard se sienten solos sin mí, y eso provoca una excitación insana entre las clases criminales. Vaya usted pues, mi querido Watson, y si mi humilde consejo puede valorarse a la extraña tarifa de dos peniques por palabra, estará esperando, a su disposición, día y noche, al otro extremo del telégrafo continental.

Dos días después estaba en el hotel National de Lausanne, donde fui recibido con todo género de cortesías por M. Moser, su famoso gerente. Según me informó, lady Frances se había alojado en él varias semanas. Había inspirado gran simpatía a cuantos la habían tratado. No sobrepasaba los cuarenta años. Aún conservaba su atractivo, y daba la impresión de haber sido una mujer encantadora en su juventud. Mr. Moser no sabía nada de las alhajas valiosas, pero los empleados del hotel habían observado que el baúl más pesado del equipaje de la dama había permanecido siempre escrupulosamente cerrado. Marie Devine, la sirvienta, era tan popular como su señorita. Se había prometido a uno de los principales camareros del hotel, y no era difícil obtener su dirección, que era 11, Rue de Trajan, Montpellier. Tomé buena nota de todo, convencido de que ni el mismo Holmes habría sido más eficaz en la consecución de datos.

Solo quedaba un punto oscuro. Ninguna de las luces que poseía podía esclarecer la causa de la marcha súbita de la dama. Era muy feliz en Lausanne. Existían toda clase de razones para creer que pensaba quedarse toda la temporada en sus lujosos aposentos, que daban al lago. Y sin embargo se fue, no anunciándolo hasta la víspera, lo que le supuso tener que pagar una semana de habitación sin usarla. Únicamente Jules Vibart, el enamorado de la sirvienta, podía sugerir algo. Relacionó la marcha imprevista con la visita al hotel, uno o dos días antes, de un hombre alto, moreno y con barba. *«Un Sauvage; un veritable sauvage!»* exclamó Jules Vibart. El hombre se alojaba en otro lugar de la ciudad. Había sido visto hablando seriamente con madame en el paseo del lago. Luego, había venido a visitarla, pero ella se había negado a recibirle. Era inglés, pero su nombre no había quedado registrado. Madame había dejado el lugar inmediatamente después. Jules Vibart y, lo que era más importante, su novia, creían que la visita y la marcha guardaban una relación de causa y efecto. Solo hubo una cosa de la que Jules no dijo una palabra: el motivo por el que Marie había dejado a su señorita. Sobre eso no quería o no podía hablar. Si quería informarme, tendría que preguntárselo a ella.

Así concluyó el primer capítulo de mis pesquisas. El segundo lo consagré al lugar donde se había dirigido lady Frances Carfax al marcharse de Lausanne. Rodeaba a esta cuestión cierta reserva y eso me confirmaba en mi idea de que se había ido con la intención de que alguien le perdiese el rastro. De no ser así, ¿por qué en su equipaje no pusieron simplemente la etiqueta de Badén? Tanto ella como sus maletas llegaron al balneario renano por una ruta indirecta. Todo eso lo averigüé mediante el gerente de la oficina local de la Cook. Así que me fui a Badén, después de despacharle a Holmes un informe de los pasos que había dado, y recibir en contestación un telegrama de elogio un tanto humorístico.

En Badén no fue difícil seguirle la pista. Lady Frances se había alojado dos semanas en el Englischer Hof. Estando allí había conocido a un tal doctor Shlessinger y a su esposa, misioneros de Sudamérica. Como a casi todas las damas solitarias, a lady Frances la religión le proporcionaba consuelo y actividad. La extraordinaria personalidad del doctor Shlessinger, su devoción sincera, y el hecho de que estuviera recobrándose de una enfermedad contraída en el ejercicio de sus deberes apostólicos, la impresionaron profundamente. Ayudó a Mrs. Shlessinger a cuidar de aquel santo convaleciente. Él se pasaba el día, según me describió el gerente, en una tumbona en la terraza, con sus dos enfermeras una a cada lado. Había confeccionado un mapa de Tierra Santa, con referencia especial al reino de los medianitas, sobre el que estaba escribiendo una monografía. Por fin, cuando su salud hubo mejorado palpablemente, regresó a Londres con su esposa, y lady Frances les acompañó en el viaje. De eso hacía tres semanas, y el gerente no había tenido más noticias de ellos. En cuanto a la criada, Marie, se había ido hecha un mar de lágrimas unos días antes, tras informar al resto de la servidumbre de que abandonaba su servicio para siempre. El doctor Shlessinger había pagado la cuenta de todos antes de irse.

—Por cierto —dijo, el gerente, para concluir—, no es usted el único amigo de lady Frances Carfax que se interesa por su paradero. Hace solo una semana vino por aquí un hombre con el mismo propósito.

—¿Le dejó su nombre? —pregunté.

—No; pero era inglés, aunque de un tipo poco corriente.

—¿Un salvaje? —apunté yo, relacionando los hechos al estilo de mi ilustre amigo.

—Exactamente. Esa palabra lo describe muy bien. Es un individuo corpulento, con barba, de piel curtida, que da la impresión de estar más a gusto en la posada de un granjero que en los hoteles de moda. Yo diría que es un tipo tosco, feroz, al que no querría ofender por nada del mundo.

El misterio empezaba a definirse, y las figuras se percibían con más claridad al levantar la niebla. Era evidente que aquella dama buena y piadosa estaba siendo perseguida allí adonde iba por un tipo siniestro e inexorable, al que temía, pues de lo contrario no habría salido huyendo de Lausanne. Y él la había seguido. Antes o después, la alcanzaría. ¿O quizá ya la había alcanzado? ¿Era *ese* el secreto de su prolongado silencio? ¿No habían podido las buenas personas que la acompañaban protegerla de su violencia o su chantaje? ¿Qué terrible propósito, qué oscura maquinación se ocultaba detrás de aquella larga persecución? Ese era el problema que tenía que resolver.

Escribí a Holmes, explicándole la rapidez y la seguridad con que había llegado a las raíces de la cuestión. En respuesta recibí un telegrama en el que se me pedía una descripción de la oreja izquierda del doctor Shlessinger. El sentido del humor de Holmes es extraño y a veces ofensivo, así que no hice caso de su inoportuna broma. En realidad, ya estaba en Montpellier, tras los pasos de la criada, Marie, cuando llegó su mensaje.

No me fue difícil encontrar a la antigua sirvienta y enterarme de cuanto tenía que decirme. Era una criatura abnegada, que había dejado a su señorita porque estaba segura de que quedaba en buenas manos, y porque su inminente boda hacía, en cualquier caso, inevitable la separación. Su señorita, según confesó muy afligida, le había dado muestras de irritabilidad en su estancia en Badén, y en una ocasión la había interrogado como si sospechara de su honestidad, lo cual había hecho su marcha más fácil de lo que habría sido en otras circunstancias. Lady Frances le había enviado cincuenta libras como regalo de boda. Como yo, Marie miraba con profundo recelo al desconocido que había obligado a su señorita a abandonar Lausanne. Le había visto con sus propios ojos agarrar por la muñeca a la dama, con gran violencia, en el paseo del lago, un lugar público. Era un hombre feroz y terrible. Creía que era por miedo de él por lo que lady Frances había aceptado que los Shlessinger la escoltasen hasta Londres. Nunca le había hablado de ello a Marie, pero una serie de pequeñas evidencias habían convencido a la criada de que su señorita vivía en un estado de continua aprensión nerviosa. Se encontraba en ese punto de su relato, cuando de pronto se levantó de un salto y su rostro se convulsionó de sorpresa y miedo.

—¡Mire! —exclamó—. Ese sinvergüenza la persigue todavía. Ese es el hombre del que le hablaba.

Vi, a través de la ventana abierta de la sala de estar, a un hombre grandote y de piel cetrina, con una larga barba encrespada, que caminaba despacio por el centro de la calle; mirando ansioso los números de las casas. Era evidente que, al igual que yo, le seguía la pista a la muchacha. Dejándome llevar del impulso del momento, salí corriendo y le abordé.

—¿Es usted inglés? —dije.

—¿Y qué si lo soy? —preguntó, con una abominable mueca.

—¿Puedo preguntarle cómo se llama?

—No, no puede —respondió, con decisión.

La situación era embarazosa, pero con frecuencia el camino directo es el mejor.

—¿Dónde está lady Frances Carfax? —pregunté.

Se me quedó mirando atónito.

—¿Qué ha hecho con ella? ¿Por qué la perseguía? ¡Insisto en que quiero una respuesta! —dije.

El individuo lanzó un bramido de ira y saltó sobre mí como un tigre. En más de una riña he sabido defenderme, pero aquel hombre tenía garras de hierro y la furia de un diablo. Tenía ya su mano en mi garganta, y yo estaba a punto de perder el sentido, cuando un obrero francés, sin afeitar, vestido con una camisa azul, salió disparado de un bar que había enfrente, con un garrote en la mano, y le asestó un fuerte golpe a mi agresor en el antebrazo, obligándole a soltar a su presa. Permaneció un instante de pie echando humo de rabia, sin saber si debía o no renovar el ataque. Por fin, con un iracundo gruñido, me dejó y entró en la casa de la que acababa de salir yo. Me volví a darle las gracias a mi salvador, que estaba junto a mí en la calzada.

—Bueno, Watson —dijo, ¡ha armado usted una buena! Creo que lo mejor será que regrese conmigo a Londres en el expreso nocturno.

Una hora después Sherlock Holmes, con su estilo y vestimenta habituales, estaba sentado en mi aposento privado del hotel. Su explicación de por qué había aparecido súbita y oportunamente fue la simplicidad misma, a saber que, al ver que podía irse de Londres, había decidido tomarse la delantera en la siguiente etapa de mi viaje, etapa por demás obvia. Disfrazado de obrero, había estado sentado en el *cabaret* esperando mi aparición.

—Ha realizado usted una investigación particularmente eficaz —dijo—. En este momento no consigo recordar ningún disparate que haya dejado de cometer. El resultado final de su actuación ha sido dar la alarma en todas partes sin descubrir nada.

—Posiblemente usted no lo habría hecho mejor —respondí con amargura.

—No hay "posiblemente" que valga. Lo he hecho mejor. Aquí está el honorable Philip Green, que se aloja en este mismo hotel; quizá encontremos en él el punto de partida de una investigación más fructífera.

Habían traído una tarjeta en una bandeja, tarjeta que dio entrada al mismo rufián barbudo que me había atacado en la calle. Se sobresaltó al verme.

—¿Qué significa esto, Mr. Holmes? —preguntó—. He recibido su nota y aquí me tiene. ¿Pero qué tiene que ver este hombre en el asunto?

—Es mi viejo amigo y socio, el doctor Watson, que nos está ayudando en este caso.

El desconocido alargó una mano enorme y negra de sol, con algunas frases de disculpa.

—Espero no haberle lastimado. Cuando me acusó de haberle hecho daño a ella, perdí el control de mí mismo. Lo cierto es que últimamente no soy responsable de mis actos. Tengo los nervios como cables de alta tensión. La situación me ha desbordado. Lo que quiero saber en primer lugar, Mr. Holmes, es cómo ha llegado usted a conocer mi existencia.

—Estoy en contacto con Miss Dobney, la institutriz de lady Frances.

—¡La vieja Susan Dobney, con su cofia! La recuerdo bien.

—Y ella le recuerda a usted. Fue antes... antes de que decidiera marcharse a Sudáfrica.

—Ah, veo que conoce toda mi historia, así que no necesito ocultarle nada. Le juro, Mr. Holmes, que no ha habido jamás en el mundo un hombre que amase a una mujer con un amor más sincero que el que le profesé yo a Frances. Yo era un joven disipado, lo sé, aunque no peor que otros de mi clase. Pero su mente era tan pura como la nieve. No soportaba ni una sombra de vulgaridad. Así que cuando le contaron algunas cosas que había hecho, decidió que no tenía nada más que decirme. Y a pesar de todo me amaba, eso es lo más paradójico del caso; me amaba lo bastante para seguir soltera toda su santa vida, solo por mí. Cuando hubieron transcurrido unos años, y tras hacer fortuna en Barbeton, pensé que quizá podría ir en su busca y apaciguarla. Había oído decir que no estaba casada. La encontré en Lausanne, e hice cuanto estuvo en mi mano. Creo que flaqueó un poco, pero tenía una fuerte voluntad, y la siguiente vez que fui a visitarla había abandonado la ciudad. Seguí sus pasos hasta Badén, y pasado un tiempo me enteré de que su criada estaba aquí. Soy un tipo rudo, acostumbrado a una vida igualmente ruda, y cuando el doctor Watson me habló de aquel modo, perdí el control por un instante. Pero por el amor de Dios, díganme qué ha sido de lady Frances.

—Eso es lo que tratamos de averiguar —dijo Sherlock Holmes, con singular gravedad—. ¿Cuál es su dirección en Londres, Mr. Green?

—En el hotel Langham sabrán localizarme.

—En ese caso, ¿puedo recomendarle que vuelva allí y esté a mano por si lo necesito? No deseo fomentar falsas esperanzas, pero puede estar seguro de que se hará todo lo posible por la seguridad de lady Frances. Por el momento, no puedo decir nada más. Le dejaré esta tarjeta para que pueda ponerse en contacto con nosotros. Ahora, Watson, si hace su equipaje telegrafiaré a Mrs. Hudson rogándole que haga uno de sus mejores esfuerzos para reconfortar a dos viejos hambrientos mañana a las siete y media.

Nos aguardaba un telegrama al llegar a nuestras habitaciones de la calle Baker; Holmes lo leyó con una exclamación de interés y me lo alargó. "Desgarrada o mellada", rezaba el mensaje, procedente de Badén.

—¿Qué es esto? —pregunté.

—Todo —respondió Holmes—. Quizá recuerde mi pregunta aparentemente trivial, acerca de la oreja izquierda del clerical caballero. No respondió a ella.

—Ya no estaba en Badén, y no pude investigar.

—Exacto. Por eso envié un duplicado al gerente del Englischer Hof, cuya respuesta tiene en su mano.

—¿Y qué demuestra?

—Demuestra, mi querido Watson, que nos las estamos viendo con un hombre excepcionalmente astuto y peligroso. El reverendo Dr. Shlessinger, misionero de Sudamérica, no es otro que Peter "El Santo", uno de los malhechores menos escrupulosos que ha producido Australia; y eso que, para ser un país joven, ha dado tipos muy bien acabados. Su especialidad particular consiste en engatusar a damas solitarias, jugando con sus sentimientos religiosos; y la mujer a la que llama su esposa, una inglesa apellidada Fraser, es una valiosa colaboradora. La naturaleza de sus tácticas me sugirió su identidad, y esta peculiaridad física —fue mordido en una pelea, en una taberna de Adelaida, en el 89— confirmó mis sospechas. Nuestra infortunada dama está en manos de una pareja infernal, que no se detendrá ante nada, Watson. Una suposición probable es que esté ya muerta. Si no lo está, se encuentra sin duda prisionera y no puede escribir ni a Miss Dobney ni a sus demás amigos. También entra en lo posible que no llegase a Londres, o que pasara de largo; pero la primera suposición es poco probable, ya que, con sus sistemas de registro, a los extranjeros no les resulta fácil engañar a la policía continental, y la segunda también lo es, porque nuestros rufianes no podían tener muchas esperanzas de encontrar un lugar más seguro que la capital donde tener a una persona secuestrada. Todos mis instintos me dicen que está en Londres, pero, como de momento no podemos averiguar dónde, no nos queda sino dar los pasos más evidentes; cenar, y conservar la paciencia. Más tarde iremos a ver, dando un paseo, a nuestro amigo Lestrade de Scotland Yard.

Pero ni la policía oficial ni la organización pequeña, pero muy eficiente, de Holmes, bastaron para desvelar el misterio. Entre los millones de habitantes que abarrotaban Londres, las tres personas que buscábamos quedaban tan difuminadas como si no hubieran existido nunca. Probamos a poner anuncios, pero fracasamos. Seguimos pistas, que no nos llevaron a ningún sitio. Registramos todos los garitos criminales que frecuentaba Shlessinger. Vigilamos a sus antiguos colaboradores, pero se mantuvieron alejados de él. Y de repente, tras una semana de tensión infructuosa, vimos un destello de luz. Un pendiente de plata y brillantes, de diseño español, había sido empeñado en Bevington's, sitio en Westminster Road. Lo había empeñado un hombre corpulento y afeitado de aspecto clerical. Como se demostró, su nombre y dirección eran falsos. La oreja no había sido observada, pero la descripción respondía a la de Shlessinger.

Tres veces había venido nuestro barbudo amigo del Langham en busca de noticias, la tercera una hora después de que consiguiéramos este nuevo indicio. La ropa empezaba a bailar en su enorme cuerpo. Parecía estar marchitándose en su ansiedad. "Si por lo menos me dieran algo que hacer", era su lamento constante. Por fin Holmes podía complacerle.

—Ha empezado a empeñar las joyas. Tenemos que echarle el guante ahora.

—Pero ¿significa eso que lady Frances ha sufrido algún daño?

Holmes meneó muy serio la cabeza.

—Suponiendo que la hayan tenido prisionera hasta ahora, está claro que no pueden soltarla sin perjudicarse ellos. Hemos de estar preparados para lo peor.

—¿Qué puedo hacer?

—¿Esas personas no le conocen de vista?

—No.

—Es posible que en el futuro vaya a otra casa de empeños. En ese caso tendremos que volver a empezar. Pero como ha obtenido un buen precio y no le han hecho preguntas, si necesita dinero con urgencia lo más probable es que vuelva a Bevington's. Le daré una nota para ellos, y le permitirán que espere en la tienda. Si aparece ese individuo, sígale hasta su casa. Pero sin indiscreciones y, sobre todo, sin violencia. Júreme por su honor que no dará ningún paso sin mi conocimiento y autorización.

Durante dos días el honorable Philip Green (hijo, si se me permite mencionarlo, del famoso almirante del mismo nombre que había capitaneado a la flota del mar de Azof en la guerra de Crimea) no nos trajo noticias. La tarde del tercero irrumpió en nuestra sala de estar lívido, estremecido, con todos los músculos de su potente masa temblando de agitación.

—¡Le tenemos! ¡Le tenemos! —exclamó.

Era incoherente de tan excitado que estaba. Holmes lo tranquilizó con unas palabras, y lo sentó de un empujón.

—Vamos, vamos, cuéntenoslo todo por orden —dijo.

—He estado allí hace una hora. Esta vez, era la esposa; pero el pendiente que ha traído era la pareja del otro. Es una mujer alta y pálida, con ojos de hurón.

—Ella es —dijo Holmes.

—Ha salido de la tienda y la he seguido. Ha ido caminando por Kennington Road, y yo tras ella. Por fin ha entrado en otro establecimiento. Mr. Holmes, eran unas pompas fúnebres.

Mi compañero se sobresaltó y preguntó, con esa voz vibrante que delataba el carácter fiero que se ocultaba tras sus ojos grises y fríos:

—¿Y bien?

—Ha estado hablando con la mujer que había detrás del mostrador. Yo también he entrado. "Es tarde", he oído que decía, o alguna otra frase con idéntico significado. La mujer del mostrador se ha excusado: "tendría que estar ya allí —ha respondido—. Ha costado más, por salirse de lo corriente".

Ambas se han interrumpido y me han mirado, así que he preguntado cualquier tontería y he abandonado el establecimiento.

—Ha hecho estupendamente. ¿Qué ha ocurrido luego?

—La mujer ha salido, pero yo me había escondido en un portal. Creo que he despertado sus sospechas, porque ha mirado a su alrededor. Luego ha llamado a un coche y se ha subido a él. He tenido la suerte de encontrar otro y la he seguido. Se ha apeado en el 36 de la plaza Poultney, de Brixton. He continuado sin detenerme, hasta la esquina de la plaza, donde he abandonado el coche para vigilar la casa.

—¿Ha visto a alguien?

—Las ventanas estaban todas a oscuras, salvo una del piso inferior. Estaban echadas las cortinillas, así que no he podido ver nada. Estaba allí de pie, preguntándome qué debía hacer, cuando se ha detenido ante la casa un furgón cubierto, en el que viajaban dos hombres. Se han apeado, han sacado algo del furgón y lo han subido a cuestas hasta la puerta del vestíbulo. Mr. Holmes, era un ataúd.

—¡Ah!

—Ha habido un momento en que he estado a punto de precipitarme en la casa, ya que habían abierto la puerta para franquearles la entrada a los hombres y su carga. Ha sido la mujer quien ha salido a abrir; me ha visto, y creo que me ha reconocido. Se ha sobresaltado y ha cerrado la puerta apresuradamente. He recordado la promesa que le hice, y aquí me tiene.

—Ha realizado un trabajo excelente —dijo Holmes, garabateando unas palabras en media hoja de papel—. No podemos hacer nada legal sin una orden judicial, y lo mejor que puede hacer para servir a la causa es llevar esta nota a las autoridades y conseguir una. Quizá le pongan algunas dificultades, pero supongo que con la venta de las joyas bastará. Lestrade se ocupará de todos los detalles.

—Pero mientras tanto pueden asesinarla. ¿Qué significaba el ataúd, y a quién iba destinado sino a ella?

—Haremos todo lo posible, Mr. Green. No perderemos ni un minuto. Déjelo en nuestras manos. Ahora Watson —añadió, mientras nuestro cliente se alejaba a toda prisa—, pondrá en movimiento a las fuerzas regulares. Nosotros, como de costumbre, somos las irregulares, y debemos seguir nuestra propia línea de acción. La situación se nos presenta tan desesperada, que quedan justificadas las medidas más extremas. No perdamos ni un segundo en llegar a la plaza Poultney.

—Tratemos de reconstruir los hechos —dijo, cuando cruzábamos a toda velocidad por delante del Parlamento y por el puente de Westminster—. Esos rufianes se trajeron a Londres, con engaño, a la infortunada dama, después de separarla de su fiel criada. Si ha escrito algunas cartas, las han interceptado. Con ayuda de un cómplice, han alquilado una casa amueblada. Una vez en ella, han retenido a lady Frances, y han tomado posesión de las valiosas alhajas que eran su objetivo desde el principio. Han empezado a vender algunas de ellas, creyendo que se trata de una operación segura, pues no tienen razones para creer que a nadie le interese el destino de su cautiva. Cuando la pongan en libertad, es evidente que les denunciará. Así que no pueden ponerla en libertad. Pero tampoco pueden tenerla encerrada a cal y canto para siempre. El asesinato es, pues, su única solución.

—Parece muy claro.

—Tomemos ahora otra línea de razonamiento. Cuando se siguen dos hilos de pensamiento diferentes, Watson, se encuentra siempre un punto de intersección que debería aproximarle a uno a la verdad. Ahora partiremos, no de la dama, sino del ataúd, e iremos hacia atrás en nuestra argumentación. Me temo que ese incidente demuestra, sin duda ninguna, que la dama está muerta. Apunta también a un entierro ortodoxo, con el debido acompañamiento de un certificado médico y una ratificación oficial. Si la dama hubiera sido asesinada, como parece evidente, la habrían enterrado en un agujero, cavado por ellos mismos en la parte trasera del jardín. Pero aquí todo se hace abiertamente, de forma regular. ¿Qué significa eso? Que le causaron la muerte de tal forma que pudieron engañar al médico, simulando un final natural; quizá el envenenamiento. Sin embargo, es extraño que permitieran que el galeno se acercara a la muerta; a no ser que fuera cómplice suyo, proposición por otro lado bastante inverosímil.

—¿Podrían haber falsificado un certificado médico?

—Peligroso, Watson, muy peligroso. No, no me los imagino haciendo tal cosa. ¡Deténgase, cochero! Ese establecimiento debe ser la funeraria, porque acabamos de pasar por delante de la casa de empeños. ¿Me hace el favor de entrar, Watson? Su aspecto inspira confianza. Pregunte a qué hora se celebra mañana el funeral de la plaza Poultney.

La mujer de la tienda me respondió sin vacilar que tendría lugar a las ocho de la mañana.

—Ya ve, Watson, que no hay misterio; ¡todas las cartas están encima de la mesa! De una manera u otra han cumplimentado todos los requisitos legales, y creen que tienen poco que temer. Bien, no nos queda sino el ataque frontal directo. ¿Va armado?

—Con mi bastón.

—Bueno, bueno, seremos fuertes. Como dice el proverbio inglés, "va tres veces armado quien lucha por causa justa". No podemos permitirnos el lujo de esperar a la policía, ni de mantenernos dentro de las cuatro esquinas de la ley. Puede irse, cochero. Vamos, Watson, probemos suerte juntos, como ya hicimos alguna vez en el pasado.

Llamó apremiantemente a la puerta de una casona oscura, sita en el centro de la plaza Poultney. Nos abrieron en seguida, destacándose la silueta de una mujer alta en el vestíbulo iluminado con luz tenue.

—¿Qué es lo que quieren? —nos preguntó ásperamente, escudriñándonos en la oscuridad.

—Quiero hablar con el doctor Shlessinger —dijo Holmes.

—Aquí no vive nadie con ese nombre —respondió, y trató de cerrar la puerta; pero Holmes la había obstruido con el pie.

—Muy bien, entonces quiero ver al hombre que vive aquí, se llame como se llame —dijo Holmes, con tono firme.

—Adelante, entren —dijo—. A mi marido no le asusta enfrentarse con ningún hombre en el mundo. Cerró la puerta detrás de nosotros y nos introdujo en una sala de estar situada a la derecha del vestíbulo, encendiendo la lamparilla de gas al dejarnos.

—Mr. Peters estará con ustedes dentro de un instante —dijo.

Sus palabras resultaron ser literalmente ciertas, porque apenas habíamos tenido tiempo de echar un vistazo a aquella estancia polvorienta y apolillada en la que nos hallábamos, cuando la puerta se abrió y entró con paso ligero un hombre corpulento, de rostro afeitado y calvo. Tenía la cara ancha y rubicunda, las mejillas colgantes y un aire general de benevolencia superficial que quedaba desmentido por su boca cruel y agresiva.

—Sin duda aquí hay algún error, caballeros —dijo, con una voz untuosa, de esas que parece que todo lo solucionan—. Me imagino que les han dirigido a la persona equivocada. Quizá si probasen más abajo en la misma calle...

—Ya está bien, no tenemos tiempo que perder —dijo mi compañero, con firmeza —. Usted es Henry Peters, de Adelaida, antes reverendo doctor Shlessinger, de Badén y Sudamérica. Estoy seguro de eso como de que me llamo Sherlock Holmes.

Peters, como le llamaré a partir de ahora, se sobresaltó y clavó su mirada en la de su sorprendente perseguidor.

—Me temo que su nombre no me asusta, Mr. Holmes —dijo con frialdad—. Cuando un hombre tiene la conciencia tranquila, no se alarma fácilmente. ¿Qué ha venido a hacer a mi casa?

—Quiero saber qué ha hecho con lady Frances Carfax, a quien se trajo hasta aquí desde Badén.

—Le agradecería que me dijera usted dónde está esa señora —respondió Peters, con tono tranquilo—. Tengo contra ella una factura de casi cien libras, y como única compensación un par de pendientes de bisutería que los comerciantes casi ni se dignan a mirar. Se encariñó con Mrs. Peters y conmigo en Badén (es un hecho que utilizaba entonces otro nombre) y se nos pegó en nuestro viaje a Londres. Pagué su cuenta del hotel y su billete. Una vez en Londres, nos dio esquinazo y, como le decía, nos dejó estas joyas anticuadas en pago de sus facturas. Si la encuentra, Mr. Holmes, estaré siempre en deuda con usted.

—Es mi intención encontrarla —dijo Sherlock Holmes—. Voy a registrar esta casa hasta que aparezca.

—¿Dónde está su orden judicial?

Holmes entresacó un revólver de su bolsillo.

—Tendrá que conformarse con esta hasta que llegue una mejor.

—Así que es usted un vulgar ladrón.

—Descríbame así, si le place —dijo Holmes, divertido—. Mi compañero también es un peligroso rufián. Y, los dos juntos, vamos a registrar su casa.

Nuestro adversario abrió la puerta.

—Ve a buscar a la policía, Annie —dijo.

Se oyó por el pasillo un revuelo de faldas femeninas, y se abrió y se cerró la puerta del vestíbulo.

—Tenemos el tiempo limitado, Watson —dijo Holmes—. Si trata de detenernos, Peters, puede estar seguro de que resultará herido. ¿Dónde está el ataúd que entraron en su casa?

—¿Para qué quiere el ataúd? Está haciendo su servicio. Hay un cuerpo en su interior.

—Tengo que ver ese cuerpo.

—Nunca con mi consentimiento.

—Pues entonces sin él.

Con un movimiento rápido, Holmes empujó a un lado a aquel individuo y salió al vestíbulo. Delante nuestro había una puerta entreabierta. Entramos. Era el comedor. Sobre la mesa, debajo de una lámpara de araña a medio encender, estaba depositado el ataúd. Holmes avivó el gas y levantó la tapa. Muy hundida en su interior yacía una figura muy flaca. El resplandor de las luces se proyectó sobre un rostro viejo y marchito. Ningún proceso imaginable de crueldad, inanición o enfermedad podrían haber reducido a la aún hermosa lady Frances a aquel estado de ruina ajada. En el rostro de Holmes se reflejó su sorpresa y también su alivio.

—¡Gracias a Dios! —murmuró—. Es otra persona.

—Por una vez ha cometido un buen disparate, Mr. Sherlock Holmes —dijo Peters, que nos había seguido hasta la estancia.

—¿Quién es la difunta?

—Bueno, si quiere saberlo, es una antigua niñera de mi esposa, llamada Rose Spender, a la que encontramos en la enfermería del asilo de Brixton. La trajimos aquí, llamamos al doctor Horson, de Firbank Villas 13, (anote bien la dirección,

Mr. Holmes) y le prodigamos todo género de cuidados, como buenos cristianos que somos. Murió al tercer día, de pura senilidad, según consta en el certificado; pero esa es solo la opinión del médico y, por supuesto, usted sabe más que él. Le hemos encargado su funeral a Stimson & Co., de Kennington Road; será enterrada mañana por la mañana a las ocho. ¿Ve en todo esto algo sospechoso, Mr. Holmes? Acaba de cometer una torpeza estúpida, y lo mínimo que podría hacer es admitirlo. Habría dado cualquier cosa por poder fotografiar su cara boquiabierta y perpleja, al levantar esa tapa, esperando ver a lady Frances Carfax, y hallar solo a esa pobre mujer de noventa años.

La expresión de Holmes permanecía impávida, como siempre, ante las burlas de su antagonista; pero sus puños cerrados delataban su profundo enojo.

—Voy a registrar su casa —dijo.

—¡Ah! ¿Conque sí? —exclamó Peters, al mismo tiempo que se oían en el pasillo una voz de mujer y unos pasos pesados—. Pronto lo veremos. Por aquí, oficiales se los ruego. Estos hombres han entrado por la fuerza en mi casa, y no consigo librarme de ellos. Ayúdenme a echarles.

En el umbral habían aparecido un sargento y un agente. Holmes se sacó una tarjeta de su tarjetero.

—Aquí tienen mi nombre y dirección. Este es mi amigo el doctor Watson.

—¡Válgame Dios! Le conocemos muy bien, señor —dijo el sargento—; pero no puede estar aquí sin una orden judicial.

—Claro que no. Me hago cargo.

—¡Arréstele! —exclamó Peters.

—Sabemos dónde encontrar a este caballero si queremos algo de él —dijo el sargento, majestuosamente—; pero tendrá que irse, Mr. Holmes.

—Sí, Watson, tendremos que irnos.

Un minuto después volvíamos a estar en la calle. Holmes estaba tan tranquilo como siempre, pero yo ardía de ira y humillación. El sargento nos siguió.

—Lo lamento, Mr. Holmes, pero así es la ley.

—Exacto, sargento; no podía hacer otra cosa.

—Supongo que tenía buenas razones para estar en esa casa. Si hay algo que yo pueda hacer...

—Ha desaparecido una mujer, sargento, y creemos que está ahí dentro. Espero una autorización legal.

—En ese caso no perderé la vista a esa gente, Mr. Holmes. Si ocurre algo, desde luego se lo haré saber.

Eran solo las nueve, así que nos lanzamos de nuevo sobre la pista. Tomamos un coche y fuimos a la enfermería del asilo de Brixton, donde descubrimos que era verdad que una caritativa pareja se había personado allí hacía unos días, había reclamado a una vieja imbécil como antigua sirviente suya, y había obtenido autorización para llevársela. No manifestaron ninguna sorpresa cuando les dijimos que había muerto.

El médico fue nuestro siguiente objetivo. Había sido llamado, hallando a la mujer casi muerta de senilidad; la había visto expirar, y había firmado el acta de defunción con toda legalidad. "Les aseguro que todo fue perfectamente normal y que no hubo posibilidad de jugar sucio en toda esta cuestión", —dijo. Nada en la casa le había parecido sospechoso, salvo que era "sorprendente que personas de su clase no tuvieran servidumbre". Eso nos comentó el doctor, y no pasó de ahí.

Por último, pusimos rumbo a Scotland Yard. Habían surgido dificultades de trámite relativo a la orden de registro. Se produciría un retraso inevitable. No se obtendría la firma del magistrado hasta la mañana siguiente. Si Holmes se presentaba a eso de las nueve podría acompañar a Lestrade, para presenciar su puesta en ejecución. Así acabó el día, salvo que cerca de la medianoche, nuestro amigo, el sargento, vino a decirnos que había visto destellos de luces de aquí y allá en las ventanas del oscuro caserón, pero nadie había entrado ni salido de él. No nos quedaba sino hacer acopio de paciencia, y esperar a la mañana siguiente.

Sherlock Holmes estaba demasiado irritable para conversar y demasiado inquieto para dormir. Le dejé fumando ávidamente, con sus cejas espesas y oscuras casi juntándose y sus dedos largos y nerviosos tamborileando en los brazos de su sillón, mientras le daba vueltas en su cabeza a toda solución posible del misterio. En el curso de la noche, le oí varias veces andar de un lado a otro de la casa. Por fin, justo cuando acababa de despertarme, irrumpió en mi habitación. Llevaba puesto el batín, pero su rostro pálido y ojeroso me dio a entender que no había dormido en toda la noche.

—¿A qué hora era el funeral? A las ocho, ¿verdad? —preguntó, anhelante—. Bueno, ahora son las siete y veinte. ¿Por amor del cielo, Watson, qué le ha ocurrido a ese cerebro que Dios me ha dado? ¡Deprisa, hombre, deprisa! Es una cuestión de vida o muerte; mil probabilidades de muerte contra una vida. ¡Nunca me lo perdonaré si llegamos demasiado tarde!

Menos de cinco minutos después volábamos en un cabriolé por la calle Baker. Pero aún así eran las ocho menos veinticinco cuando pasamos delante del Big Ben, y sonaron las ocho campanadas en el momento en que girábamos a toda velocidad por Brixton Road. Hubo, sin embargo, quien llegó tarde como nosotros. Diez minutos después de la hora la carroza fúnebre estaba aún ante la puerta de la casa, y en el instante en que nuestro caballo, echando espuma, se detenía, apareció en el umbral el féretro, llevado por tres hombres. Holmes salió disparado y les cortó el paso.

—¡Vuelvan atrás! —exclamó, apoyando su mano sobre el pecho del primer hombre—. ¡Vuelvan atrás ahora mismo!

—¿Qué diablos significa esto? Una vez más le pregunto: ¿dónde está su orden judicial? —gritó el furioso Peters desde el otro extremo del féretro, con la cara brillante.

—La orden está en camino. Este ataúd permanecerá en la casa hasta que llegue.

La autoridad de la voz de Holmes produjo su efecto en los hombres que transportaban el féretro. Peters se había esfumado en el interior de la casa, y obedecieron estas últimas órdenes.

—¡Deprisa, Watson, deprisa! Aquí hay un destornillador —gritó Holmes, una vez colocado de nuevo el féretro sobre la mesa—. Este para usted, amigo mío; un soberano si los goznes de la tapa han saltado dentro de un minuto. ¡No pregunte, y trabaje! ¡Bien! ¡Otro! ¡Y otro más! ¡Tiremos de ella todos juntos! ¡Está cediendo! ¡Está cediendo! ¡Ah, por fin lo hemos conseguido!

Con un esfuerzo conjunto separamos la tapa del féretro. Al hacerlo, salió de su interior un olor a cloroformo mareante e irresistible. Yacía allí un cuerpo, con la cabeza envuelta en un algodón, previamente empapado en el narcótico. Holmes lo arrancó, dejando al descubierto el rostro estatuario de una mujer de mediana edad, hermosa y espiritual. Un instante después había rodeado el cuerpo con el brazo y lo había incorporado hasta sentarlo.

—¿Ha muerto, Watson? ¿Queda alguna chispa de vida en ella? ¡Espero que no hayamos llegado demasiado tarde!

Durante media hora pareció que sí, que era demasiado tarde. Lady Frances, con la asfixia y los vapores venenosos del cloroformo, parecía haber sobrepasado el último punto desde el que es posible el retorno. Pero por fin, gracias a la respiración artificial, las inyecciones de éter y todos los recursos a los que tiene acceso la ciencia, un hálito de vida, un temblor en los párpados, un poco de vaho en un espejo, nos indicaron que la vida volvía poco a poco. Se había detenido un coche y Holmes, apartando la cortina, lo miró.

—Aquí está Lestrade con su orden —dijo—. Se encontrará con que los pájaros han volado. Y aquí —añadió, al oír unos pasos pesados que corrían por el pasillo— viene alguien que tiene más derecho que nosotros a cuidar a esta dama. Buenos días, Mr. Green; creo que cuanto antes podamos trasladar a lady Frances, mejor. Mientras tanto, puede proceder con el funeral y así la pobre anciana que aún yace en este féretro irá por fin, sola, a su último descanso.

—Mi querido Watson —dijo Holmes aquella noche—, si decide incorporar este caso a sus anales, deberá hacerlo solo como un ejemplo de ese eclipse momentáneo al que está expuesto incluso el cerebro mejor equilibrado. Estos deslices son comunes a todos los mortales, y más grande será aquel que sepa reconocerlos y ponerles remedio. Quizá sea yo acreedor de este mérito moderado. Toda la noche pasada estuve obsesionado por la idea de que un punto clave, una frase extraña, una observación curiosa, había cruzado mi mente sin detenerse en ella. Luego, de pronto, en los grises albores matutinos, me vinieron a la memoria unas palabras. Eran las que repitió Philip Green. Aquella mujer dijo: "Es tarde. Tendría que estar ya allí. Ha costado más, por salirse de lo corriente". Estaba hablando del ataúd. Y este se salía de lo corriente. Eso solo podía significar que había sido confeccionado con unas medidas especiales. ¿Pero por qué? ¿Por qué? En un instante recordé su profundidad, y el cuerpo disminuido y marchito que yacía en su fondo. ¿Por qué un ataúd tan grande para un cuerpo tan pequeño? Para dejar espacio para otro cadáver. Las iban a enterrar a las dos con el mismo certificado. Todo estaba claro, si no hubiera tenido yo una venda en los ojos. A las ocho iban a enterrar a lady Frances. Nuestra única posibilidad era detener al féretro antes de que abandonase la casa.

Solo teníamos una posibilidad desesperada de encontrarla viva, pero era una posibilidad, como demostraron los resultados. Nunca, que yo sepa, había asesinado a nadie aquella gente. Quizá en el momento decisivo se resistirían a usar la violencia. Podían sepultarla sin dejar rastros de cómo había muerto, les quedaba una posibilidad aun cuando los restos fueran exhumados. Esperaba que eso fuera lo que prevaleciera. Puede reconstruir la escena bastante bien. Ya vio el espantoso cuarto donde había estado recluida la malograda dama todo este tiempo. Entraron en él y la aturdieron con el cloroformo, la bajaron al comedor, para asegurarse de que no despertaría vertieron más vapor en el féretro, y cerraron la tapa. Algo ingenioso, Watson. Novedoso en mi caso, en los anales del crimen. Si nuestros amigos exmisioneros escapan de las manos de Lestrade, espero saber de buenos momentos en su carrera futura.

6. El pie del diablo

A lo largo de todos estos años de mi amistad con Sherlock Holmes, me ha impresionado constantemente su aversión a la publicidad. Siempre le ha sido aborrecible para su carácter austero y cínico. Siempre prefería traspasar el mérito a algún oficial ortodoxo, y luego disfrutar con las felicitaciones equivocadas. En parte es por esto es que me he sentido poco inspirado a publicar mis relatos.

Me quedé muy sorprendido al recibir un telegrama de Holmes el martes pasado, nunca se ha sabido de él que escribiera cuando bastaba un telegrama, en los términos siguientes:

«¿Por qué no contarles el horror de Cornualles, el más extraño caso que se me ha encomendado?»

Ignoro qué resaca de su cerebro había refrescado el caso en su memoria, o qué antojo le había hecho desear que yo lo relatase; pero me apresuré, antes de que llegara otro telegrama cancelando aquel, a rebuscar las notas que me darían los detalles exactos del caso, y a exponerles el caso a mis lectores.

Fue en la primavera del año 1897, cuando en la férrea constitución de Holmes aparecieron algunos síntomas de debilitamiento frente a un trabajo duro, constante y del tipo más agotador, agravado, además, por sus propias imprudencias ocasionales. En marzo de aquel año el doctor Moore Agar, de la calle Harley, cuya dramática presentación a Holmes quizá cuente algún día, le dio órdenes terminantes al famoso detective privado de dejar a un lado todos sus casos y entregarse a un completo descanso, si quería evitar un colapso. Su estado de salud no era asunto por el que Holmes se tomase el más mínimo interés, ya que tenía una gran capacidad de abstracción mental, pero al final fue inducido, bajo la amenaza de quedar inhabilitado para el trabajo de forma permanente, a buscarse un cambio total de escena y de aires. Así fue como a principios de primavera de aquel mismo año nos trasladamos a una casita de campo cerca de la bahía de Poldhu, en el extremo más alejado de la península de Cornualles.

Era un lugar singular, especialmente adecuado para el humor sombrío de mi paciente. Desde las ventanas de nuestra casita encalada, construida en lo alto de una colina muy verde, dominábamos todo el siniestro semicírculo de la bahía de Mounts, esa antigua trampa mortal para los veleros, con su hilera de negros acantilados y arrecifes azotados por las olas, contra los que habían hallado la muerte innumerables marineros. Con viento del norte la bahía permanece plácida y abrigada, invitando a las embarcaciones sacudidas por la tempestad a virar hacia ella en busca de descanso y protección.

Pero luego vienen el súbito remolino de viento, las ráfagas huracanadas del sudoeste, el ancla arrancada, la orilla a sotavento, y la última batalla en el rompiente espumoso. El marinero prudente está siempre alejado de ese lugar maldito.

Por el lado de tierra nuestros alrededores eran tan sombríos como el mar. Era aquella una zona de páramos ondulantes, solitarios y grises, con un campanario aquí y allá para marcar el emplazamiento de algún que otro pueblo de tiempos pasados. En cualquier dirección de los páramos había vestigios de una raza ya desaparecida que no había dejado como constancia de su paso sino extraños monumentos de piedra, túmulos irregulares que contenían las cenizas incineradas de los muertos, y curiosas construcciones de tierra que apuntaban a la lucha prehistórica. El embrujo y misterio de la región, con su siniestra atmósfera de naciones olvidadas, apelaba a la imaginación de mi amigo, quien pasaba gran parte de su tiempo dando largos paseos y sumiéndose en meditaciones solitarias en los páramos. La antigua lengua de Cornualles también había atraído su atención, y recuerdo que se le metió en la cabeza la idea de que era muy similar al caldeo y constituía una derivación directa del lenguaje de los comerciantes de estaño fenicios.

Recibió un envío de libros de filología, y se disponía a consagrarse al desarrollo de su tesis cuando de repente, para pesar mío y alborozo manifiesto de él, nos encontramos, incluso en aquella tierra de sueños, sumergidos en un problema ocurrido a nuestra puerta, más intenso, más absorbente e infinitamente más misterioso que cualquiera de los que nos habían hecho salir de Londres. Nuestra vida sencilla y plácida, nuestra saludable rutina fueron interrumpidas violentamente, y nosotros nos vimos precipitados en el centro de una serie de sucesos que provocaron una excitación extrema no solo en Cornualles, sino también en toda la parte occidental de Inglaterra. Quizá muchos de mis lectores conserven algún recuerdo de lo que se llamó entonces el "Horror de Cornualles", aunque a la prensa de Londres no llegó más que un relato muy incompleto del asunto. Ahora, trece años después, voy a dar a conocer públicamente los auténticos detalles de aquel caso inconcebible.

Ya he dicho que unos cuantos campanarios diseminados indicaban la situación de los pueblos que salpicaban aquella parte de Cornualles. El más cercano era la aldea de Tredannick Wollas, donde las casas de unos doscientos habitantes se agrupaban en torno a una iglesia antigua y cubierta de musgo. El vicario de la parroquia, Mr. Roundhay, tenía algo de arqueólogo, y, como tal, había trabado amistad con Holmes. Era un hombre de mediana edad, atractivo y afable, con un caudal considerable de erudición local. Invitados por él, fuimos un día a tomar el té en la vicaría, conociendo asimismo a Mr. Mortimer Tregennis, un caballero independiente que había incrementado los escasos recursos del sacerdote alquilando habitaciones en su casa espaciosa y destartalada. El vicario, que era soltero, estaba encantado de haber llegado a un acuerdo de este tipo, a pesar de no tener apenas nada en común con su huésped, que era un hombre delgado, moreno, con gafas, y con un encorvamiento de espalda que daba la impresión de una auténtica deformidad física. Recuerdo que durante nuestra corta visita encontramos al vicario locuaz, y a su inquilino extrañamente reservado, con expresión triste, y entregado a la introspección; todo el tiempo permaneció sentado con la mirada perdida, aparentemente absorto en sus propios asuntos.

Esos fueron los dos hombres que irrumpieron de golpe en nuestra sala de estar el martes 16 de marzo, poco después de la hora del desayuno, cuando estábamos fumando juntos y preparándonos para nuestra excursión diaria por los páramos.

—Mr. Holmes —dijo el vicario, con voz agitada—, durante la noche ha ocurrido un suceso de lo más trágico y extraordinario. Es algo de verdad insólito. No podemos sino considerar como un don de la providencia que esté usted aquí en estos momentos, porque en toda Inglaterra no hay un hombre al que necesitemos más.

Clavé en el intruso vicario una mirada poco amistosa; pero Holmes se quitó la pipa de los labios y se irguió en su silla, como un viejo sabueso que oye el grito de "¡Zorro a la vista!" Señaló el sofá con el dedo, y el palpitante vicario, con su agitado compañero, se sentaron en él, uno junto al otro. Mr. Mortimer Tregennis se dominaba más que el sacerdote, pero el crispamiento de sus manos delgadas y el brillo de sus ojos oscuros delataban la emoción que compartía con este.

—¿Hablo yo, o lo hace usted? —preguntó al vicario.

—Bueno, como parece ser que es usted quien ha hecho el descubrimiento, sea lo que fuere, y el vicario lo sabe todo de segunda mano, quizá será mejor que hable, Mr. Tregennis —dijo Holmes.

Lancé una mirada al vicario, vestido apresuradamente, a su inquilino, sentado junto a él, ataviado con toda formalidad, y me divirtió la sorpresa que había producido en sus rostros la simple deducción de Holmes.

—Quizá será mejor que diga primero unas palabras —dijo el vicario—, y entonces usted mismo juzgará si prefiere escuchar los detalles de Mr. Tregennis, o salir corriendo sin pérdida de tiempo hacia el escenario de tan misterioso suceso. Explicaré, pues, que nuestro amigo aquí presente pasó la velada de ayer en compañía de sus dos hermanos, Owen y George, y en la de su hermana, Brenda, en su casa de Tredannick Wartha, que está cerca de la vieja cruz de piedra del páramo. Les dejó poco después de las diez, jugando a cartas en torno a la mesa del comedor, de buen humor y con excelente salud. Esta mañana, como es hombre madrugador, ha salido de paseo en esa dirección antes de desayunar, siendo alcanzado por el coche del doctor Richards, quien le ha explicado que acababan de mandarle llamar urgentemente desde Tredannick Wartha. Como es natural, Mr. Mortimer Tregennis ha ido con él. Al llegar a Tredannick Wartha se ha encontrado con un estado de cosas extraordinario. Sus tres hermanos estaban sentados en torno a la mesa, tal como él los había dejado, con las cartas aún extendidas ante ellos y las velas consumidas hasta la base. La hermana estaba reclinada en su silla, muerta, con los dos hermanos sentados a cada lado, riendo, gritando y cantando, con la mente totalmente perturbada. Los tres, la mujer muerta y los dos hombres enloquecidos, tenían en el rostro una expresión de horror desaforado, una convulsión de terror que daba miedo mirarla. No había indicios de la presencia de nadie en la casa, excepto de Mrs. Porter, la vieja cocinera y ama de llaves, que ha declarado que durmió profundamente y no oyó ningún ruido durante la noche. No habían robado ni desordenado nada, y no existe ninguna explicación sobre cuál pudo ser la visión espantosa que mató de pánico a una mujer e hizo perder el juicio a dos hombres fuertes. Esta es, en dos palabras, la situación, Mr. Holmes; si puede ayudarnos a esclarecerla habrá realizado un gran trabajo.

Yo esperaba poder engatusar de algún modo a mi compañero para continuar con la vida tranquila que era el objetivo de nuestro viaje; pero una sola mirada a la expresión intensa de su rostro y a sus cejas contraídas me indicaron lo vano de mi esperanza. Estuvo un rato sentado en silencio, absorbido por el extraño drama que había venido a romper nuestra paz.

—Voy a estudiar el asunto —dijo, por fin—. A primera vista, parece tratarse de un caso excepcional. ¿Ha estado ya allí, Mr. Roundhay?

—No, Mr. Holmes. Mr. Tregennis me lo ha contado todo al volver a la parroquia, y al instante hemos corrido a consultarle a usted.

—¿A qué distancia está la casa donde ocurrió esa singular tragedia?

—A una milla tierra adentro, más o menos.

—En ese caso iremos caminando juntos. Pero, antes de salir, he de hacerle unas cuantas preguntas, Mr. Mortimer Tregennis.

El interpelado había permanecido callado todo el tiempo, pero yo había observado que su excitación más controlada era incluso superior a la emoción agresiva del clérigo. Estaba sentado con el rostro pálido y contraído, la mirada ansiosa clavada en Holmes, y sus manos delgadas unidas convulsivamente. Sus labios pálidos habían temblado al escuchar la espantosa experiencia que había vivido su familia, y en sus ojos oscuros parecía reflejarse parte del horror de la escena.

—Pregunte lo que quiera, Mr. Holmes —dijo, anhelante—. Es un tema del que se me hace difícil hablar, pero le contestaré la verdad.

—Hábleme de la noche pasada.

—Verá, Mr. Holmes; cené allí, como le ha dicho el vicario, y mi hermano mayor, George, propuso luego una partida de *Whist.* Nos sentamos a jugar a eso de las nueve. Eran sobre las diez y cuarto cuando me levanté para marcharme. Les dejé en torno a la mesa, lo más alegres que se pueda imaginar.

—¿Quién salió a despedirle?

—Mrs. Porter ya se había acostado, así que salí yo solo. Cerré la puerta del vestíbulo desde fuera. La ventana del salón estaba cerrada, aunque no habían echado la cortinilla. Esta mañana no había ningún cambio ni en la puerta ni en la ventana, ni tampoco razón para creer que un desconocido había entrado en la casa. Sin embargo allí estaban, totalmente enloquecidos por el terror, y Brenda muerta de miedo, medio reclinada, con la cabeza colgando sobre el brazo de la butaca. En toda mi vida no lograré borrar de mi memoria la escena que he contemplado es esa habitación.

—Los hechos, tal y como usted los presenta, son sin duda extraordinarios —dijo Holmes—. Supongo que no tendrá ninguna teoría propia capaz de explicarlos.

—Es algo demoníaco. Mr. Holmes; ¡demoníaco! —exclamó Mortimer Tregennis—. No es cosa de este mundo. Algo entró en esa habitación, que apagó de un soplo la luz de la razón que había en sus mentes. ¿Qué fuerza humana podría hacer una cosa así?

—Me temo —replicó Holmes— que si el asunto está por encima de la humanidad, también estará por encima de mí. Pero en cualquier caso debemos agotar todas las explicaciones naturales antes de apoyarnos en una teoría como esta. En cuanto a usted, Mr. Tregennis, parece ser que por alguna razón no estaba muy unido a su familia, ya que ellos vivían juntos y usted tiene habitaciones aparte.

—Cierto, Mr. Holmes, aunque todo está pasado y olvidado. Éramos una familia de mineros de estaño de Redruth que vendimos nuestro negocio a una empresa y nos retiramos con dinero suficiente para vivir. No negaré que hubo, al repartir el dinero, ciertas desavenencias que nos mantuvieron distanciados durante un tiempo; pero todo quedó perdonado y arreglado, y ahora éramos los mejores amigos del mundo.

—Volviendo a la velada que pasaron juntos, ¿no ha quedado nada grabado en su memoria que pudiera arrojar luz sobre la tragedia? Piense despacio, Mr. Tregennis; busque cualquier pista que pueda ayudarme.

—No recuerdo nada en absoluto, señor.

—¿Sus hermanos estaban del humor habitual?

—Mejor que nunca.

—¿Estaban nerviosos? ¿En algún momento dieron muestras de aprensión ante un peligro inminente?

—No, nada de eso.

—¿Entonces no tiene nada que agregar que pueda serme útil?

Mortimer Tregennis estuvo unos instantes meditando seriamente.

—Solo se me ocurre una cosa —dijo por fin—. Cuando nos sentamos a la mesa yo me coloqué de espaldas a la ventana y mi hermano George, que era mi compañero en la partida, de cara a ella. Una vez le vi mirar con atención por encima de mi hombro, así que me di la vuelta y me puse a mirar yo también. La cortinilla estaba levantada y la ventana cerrada, pero pude vislumbrar los arbustos del prado, y por un instante me pareció que algo se movía entre ellos. No podría ni siquiera afirmar si era una persona o un animal, solo sé que había algo allí. Cuando le pregunté a George qué estaba mirando, me comentó que él había tenido la misma sensación. Eso es todo cuanto puedo decirle.

—¿No investigaron?

—No; no nos pareció importante.

—Así que les dejó sin ninguna premonición de la desgracia.

—Ninguna en absoluto.

—No acabo de comprender cómo se ha enterado de la noticia esta mañana temprano.

—Soy muy madrugador, y suelo dar un paseo antes del desayuno. Esta mañana, acababa de salir cuando el doctor me ha alcanzado en su coche. Me ha dicho que la vieja Mrs. Porter le había enviado un chico con un mensaje urgente. He subido de un salto al vehículo y hemos seguido el viaje. Al llegar, hemos entrado en esa estancia espantosa. Las velas y el fuego de la chimenea debían haberse apagado hacía horas, y ellos habían permanecido sentados en la oscuridad hasta romper el día. El doctor ha dicho que Brenda llevaba muerta por lo menos seis horas. No había señales de violencia. Estaba caída sobre el brazo de su butaca, con aquella expresión en el rostro. George y Owen estaban cantando fragmentos de canciones y gesticulando como dos grandes simios. ¡Oh, qué visión tan horrible! Yo no he podido soportarlo, y el doctor estaba tan blanco como el papel. Incluso se ha desplomado en una silla, como en una especie de desmayo, y casi hemos tenido que atenderle a él también.

—¡Extraordinario! ¡Realmente extraordinario! —dijo Holmes, levantándose y asiendo su sombrero—. Creo que quizá lo mejor será ir a Tredannick Wartha sin más dilatación. Confieso que rara vez me he enfrentado con un caso que a primera vista presentara un problema más singular.

Nuestras primeras gestiones no sirvieron apenas para avanzar en la investigación. Pero de todos modos la mañana estuvo marcada, en su mismo inicio, por un incidente que produjo en mi ánimo la más siniestra impresión. Se acerca uno al lugar de la tragedia por un sendero campestre estrecho y serpenteante. Caminábamos por él cuando oímos el traqueteo de un coche que venía hacia nosotros, y nos hicimos a un lado para dejarle paso. Al cruzarse con nosotros pude entrever por la ventanilla cerrada un rostro horriblemente contorsionado y sonriente que se nos quedaba mirando. Aquellos ojos desorbitados y brillantes, y aquellos dientes que rechinaban pasaron junto a nosotros como una visión espantosa.

—¡Mis hermanos! —exclamó Mortimer Tregennis, lívido hasta los labios—. Se los llevan a Helston.

Nos volvimos para mirar el negro carruaje, que se alejaba dando tumbos. Luego dirigimos nuestros pasos hacia aquella casa malhadada donde les había sorprendido su extraña suerte.

Era una morada espaciosa y llena de luz, más mansión que simple casa de campo, con un jardín de considerable extensión que, con el aire de Cornualles, abundaba ya en flores primaverales. A este jardín se abría la ventana del salón, y, según Mortimer Tregennis, era por allí por donde tenía que haberse acercado el ser maléfico que en un instante, mediante el horror puro, había hecho estallar sus mentes. Holmes caminó despacio y pensativo por entre los tiestos de flores y por el sendero que conducía al porche. Tan absorto estaba en sus pensamientos, que recuerdo que tropezó contra la regadera, derramó su contenido e inundó nuestros pies y también el sendero del jardín. Ya en la casa salió a recibirnos la anciana ama de llaves de Cornualles, Mrs. Porter, que con la ayuda de una muchacha joven atendía a las necesidades de la familia. Respondió de buen grado a todas las preguntas de Holmes. No había oído nada durante la noche. Últimamente sus amos habían estado de un humor estupendo, y nunca les había visto tan alegres y prósperos. Se había desmayado de espanto al entrar por la mañana en la estancia y ver aquella reunión espantosa alrededor de la mesa. Tras recuperarse había abierto la ventana de par en par para que pasara el aire, y había ido corriendo hasta el camino principal, desde donde había enviado a un joven granjero en busca del médico. La señorita estaba arriba en su cama, si deseábamos verla. Habían sido necesarios cuatro hombres fuertes para meter a los hermanos en el coche del manicomio. Ella no pensaba permanecer en la casa ni un día más; aquella misma tarde se iría a St. Ives, para reunirse con su familia.

Subimos la escalera y examinamos el cadáver. Miss Brenda Tregennis había sido una muchacha muy bonita, aunque ahora ya había entrado en la madurez. Su rostro de tez oscura y rasgos bien dibujados era hermoso, incluso muerta, aunque aún se adivinaba en él algo de aquella convulsión de horror que había sido su última emoción humana. Desde su dormitorio bajamos al salón donde había ocurrido la extraña tragedia. En la chimenea se apiñaban las cenizas carbonizadas del fuego de la noche. Seguían sobre la mesa las cartas, esparcidas en su superficie. Las butacas habían sido colocadas contra la pared, pero todo lo demás había quedado como la víspera. Holmes recorrió la estancia con paso ligero y rápido; se sentó en las diversas sillas, acercándolas a la mesa y reconstruyendo sus posiciones. Comprobó cuanta extensión de jardín se veía desde allí; examinó el suelo, el techo y la chimenea, pero ni una sola vez percibí aquel súbito brillo en sus ojos ni la contracción de los labios que me indicaban que veía un resquicio de luz en la oscuridad.

—¿Por qué fuego? —preguntó una vez—. ¿Lo tenían siempre encendido en las noches primaverales, en una habitación tan pequeña?

Mortimer Tregennis le explicó que la noche era fría y húmeda. Por esa razón habían encendido el fuego después de su llegada.

—¿Qué va a hacer ahora, Mr. Holmes? —preguntó.

Mi amigo sonrió y apoyó su mano en mi brazo, diciendo:

—Creo, Watson, que voy a reanudar esas sesiones de envenenamiento por tabaco que usted ha condenado tan frecuente y justamente. Con su permiso, caballeros, vamos a volver a nuestra casa, porque no me parece que aquí vaya a aparecer nada nuevo digno de atención. Voy a dar vueltas en mi cabeza a todos estos hechos, Mr. Tregennis, y si se me ocurre algo desde luego me pondré en contacto con usted y el vicario. Mientras tanto les deseo muy buenos días.

Hasta pasado un buen rato de nuestro regreso a Poldhu Cottage Holmes no rompió su mutismo completo y ensimismado. Permaneció todo ese rato hecho un ovillo en su sillón, con su rostro macilento y ascético apenas visible en el torbellino azul del humo de su tabaco, las oscuras cejas fruncidas, la frente arrugada y la mirada vacía y perdida. Por fin, dejó a un lado su pipa y se puso en pie de un salto.

—Es inútil, Watson —dijo, echándose a reír—. Vayamos a caminar juntos por los acantilados en busca de flechas de pedernal. Es más fácil encontrar eso que una pista en este asunto. Hacer trabajar al cerebro sin suficiente material es como acelerar un motor. Acaba estallando en pedazos. Brisa del mar, sol, y paciencia, Watson; todo se andará.

»Ahora definamos con calma nuestra posición —prosiguió mientras bordeábamos juntos los acantilados—. Agarrémonos con firmeza a lo poquísimo que sabemos, para que cuando aparezcan hechos nuevos seamos capaces de colocarlos en sus lugares correspondientes. En primer lugar, daré por sentado que ninguno de los dos está dispuesto a admitir intrusiones diabólicas en los asuntos humanos. Empecemos por borrar por completo de nuestra mente esa posibilidad. Nos quedan pues tres personas que han sido gravemente lastimadas por un agente humano, consciente o inconsciente. Ese es terreno firme. Bien, ¿y cuándo ocurrió eso? Evidentemente, y suponiendo que su relato sea cierto, muy poco después de que Mr. Mortimer Tregennis abandonase la estancia. Ese es un punto muy importante. Hay que presumir que fue solo unos minutos después. Las cartas aún estaban sobre la mesa. Era ya más tarde de la hora en que solían acostarse, y sin embargo no habían cambiado de posición ni apartado las sillas para levantarse. Repito, pues, que lo que fuera ocurrió inmediatamente después de su marcha, y no después de las once de la noche.

»El siguiente paso obligado es comprobar, dentro de lo posible, los movimientos de Mortimer Tregennis después de abandonar la estancia. No es nada difícil y parecen estar por encima de toda sospecha. Conociendo como conoce mis métodos, habrá advertido, sin duda, la burda estratagema de la regadera, mediante la cual he obtenido una impresión de las huellas de sus pies, más clara que la que habría podido conseguir de otro modo. En el sendero húmedo y arenoso se han dibujado admirablemente. La noche pasada también había humedad, como recordará, y no era difícil, tras obtener un botón de muestra, distinguir sus pisadas entre otras y seguir sus movimientos. Parece que se alejó rápidamente en dirección de la vicaría.

»Si Mortimer Tregennis había desaparecido de la escena, y alguna persona aterrizó desde el exterior a los jugadores de cartas, ¿cómo podemos reconstruir a esa persona, y cómo es que infundió en ellos tal sentimiento de horror? Podemos eliminar a Mrs. Porter. Se ve que es inofensiva. ¿Hay alguna evidencia de que alguien se encaramó a la ventana del jardín y de un modo u otro produjo a quienes la vieron un efecto tan terrorífico que les hizo perder la razón? La única sugerencia en esa dirección fue expresada por el mismo Mortimer Tregennis, que afirma que su hermano habló de cierto movimiento en el jardín. Eso es realmente extraño, ya que la noche estaba lluviosa, encapotada y oscura. Cualquiera que tuviera el propósito de asustar a esas personas estaría obligado a aplastar su cara contra el cristal antes de ser visto. Hay un parterre de flores de tres pies fuera de la ventana, y sin embargo no hay en él ni la sombra de una huella. De modo que es difícil imaginar cómo alguien ajeno a la familia pudo producir en los tres hermanos una impresión tan terrible; y por otra parte no hemos hallado ningún móvil para una agresión tan rara y complicada. ¿Se da cuenta de nuestras dificultades, Watson?

—Demasiado bien —respondí, con convicción.

—Y sin embargo, con un poco más de material, quizá demostremos que no son insuperables —dijo Holmes—. Me imagino que entre nuestros abundantes archivos, Watson, encontraríamos algunos casos casi tan oscuros como este. Mientras tanto, dejaremos el asunto a un lado hasta que consigamos datos más concretos, y consagraremos el resto de la mañana a la persecución del hombre neolítico.

Quizá haya hablado ya del poder de abstracción mental de mi amigo, pero nunca me maravilló tanto como aquella mañana primaveral en Cornualles, cuando se pasó dos horas hablando sobre celtas, puntas de flechas y restos diversos, con tanta despreocupación como si no hubiera un misterio siniestro esperando a ser resuelto. Fue al regresar a casa por la tarde y encontrar a un visitante aguardándonos, cuando nuestras mentes volvieron a concentrarse en el asunto pendiente. Ninguno de los dos necesitamos que nadie nos dijera quién era nuestro visitante. Aquel cuerpo imponente, aquel rostro agrietado y lleno de arrugas, de ojos llameantes y nariz de halcón, aquel cabello encrespado que casi tocaba el techo de nuestra casa, aquella barba dorada en las puntas y blanca junto a los labios, salvo por la mancha de nicotina de su cigarrillo perpetuo, aquellos rasgos, en suma, eran tan conocidos en Londres como en África, y solo podían asociarse con la tremenda personalidad del doctor Leon Sterndale, el gran explorador y cazador de leones.

Habíamos oído hablar de su presencia en la región, y en una o dos ocasiones habíamos percibido su alta silueta en los caminos de los páramos. Sin embargo, ni él hizo nada por trabar conocimiento con nosotros, ni a nosotros se nos había ocurrido trabarlo con él, ya que era del dominio público que era su amor por el recogimiento lo que le impulsaba a pasar la mayor parte de sus intervalos entre una expedición y otra en un pequeño *bungalow* sepultado en el solitario bosque de Beauchamp Arriance. Allí, con sus libros y sus mapas, llevaba una existencia totalmente solitaria, atendiendo él mismo a sus sencillas necesidades, y prestando en apariencia poca atención a los asuntos de sus vecinos. Así que fue una sorpresa para mí oírle preguntar a Holmes con voz anhelante si había algo en su reconstrucción del misterioso episodio.

—La policía del condado está totalmente perdida —dijo—; pero quizá su vasta experiencia le haya sugerido alguna explicación verosímil. Mi único derecho a reclamar su confianza es que durante mis muchas residencias aquí he llegado a conocer muy bien a la familia Tregennis, en realidad, podría llamarles primos por línea materna, y su extraño final me ha causado, como es natural, un gran impacto.

»Estaba ya en Plymouth, camino de África, pero me he enterado de la noticia esta mañana y he venido sin pérdida de tiempo para ayudar en la investigación.

Holmes arqueó las cejas.

—¿Y ha perdido el barco por eso?

—Tomaré el próximo.

—¡Caramba, esto sí que es amistad!

—Ya le digo que éramos parientes.

—Sí, sí; primos por parte de madre. ¿Estaba ya su equipaje a bordo?

—Algo de él había, pero la mayor parte estaba en el hotel.

—Comprendo. Pero no creo que el suceso haya sido publicado todavía en los periódicos matutinos de Plymouth.

—No, señor; he recibido un telegrama.

—¿Puedo preguntar de quién?

Una sombra cruzó el demacrado rostro del explorador.

—Es usted muy inquisitivo, Mr. Holmes.

—Es mi trabajo.

Con un esfuerzo, el doctor Sterndale recuperó su enfurruñada compostura.

—No veo objeción para decírselo. Ha sido Mr. Roundhay, el vicario, quien me ha enviado el telegrama que me ha hecho venir.

—Gracias —dijo Holmes—. En respuesta a su pregunta original puedo decirle que aún no tengo la mente clara en relación con el caso, pero tengo esperanzas de llegar a alguna conclusión. Sería prematuro decir nada más.

—Quizá no le importaría decirme si sus sospechas apuntan en alguna dirección determinada.

—No puedo responder a eso.

—Entonces he perdido el tiempo, y no necesito prolongar mi visita.

El famoso doctor salió de nuestra casa de un patente mal humor, y a los cinco minutos Holmes le siguió.

No volví a verle hasta después del anochecer, cuando volvió con un paso lento y una expresión huraña, que me hicieron comprender que no había progresado mucho en su investigación. Le echó una mirada al telegrama que le aguardaba, y lo tiró a la chimenea.

—Del hotel de Plymouth, Watson —dijo—. Me ha dado el nombre el vicario, y he telegrafiado para asegurarme de que la historia del doctor Leon Sterndale era cierta. Parece ser que en efecto ha pasado la noche allí, y que ha dejado parte de su equipaje camino a África, y ha vuelto para estar presente en la investigación. ¿Qué opina, Watson?

—Que está vivamente interesado.

—Vivamente interesado, sí. Hay en esto un hilo, que aún no hemos sabido encontrar, y que nos guiaría por esta maraña. Anímese, Watson, porque estoy convencido de que aún no ha caído en nuestras manos todo el material necesario. Cuando eso suceda, pronto quedarán atrás nuestras dificultades.

Poco sabía yo entonces lo pronto que se harían realidad las palabras de Holmes, y lo extraño y siniestro que sería el acontecimiento inminente que había de abrir ante nosotros una nueva línea de investigación. A la mañana siguiente, me estaba afeitando junto a la ventana, cuando oí ruido de cascos y, al levantar la vista, vi un *dogcart* que se acercaba a todo galope por la senda. Se detuvo delante de nuestra puerta, y nuestro amigo el vicario se apeó de él apresuradamente y se acercó corriendo por el sendero de nuestro jardín. Holmes ya estaba vestido, y ambos salimos prestos a recibirle.

Nuestro visitante estaba tan excitado que apenas podía articular palabra, pero por fin, entre jadeos y estallidos, salió la trágica historia de sus labios.

—¡Estamos poseídos por el diablo, Mr. Holmes! ¡Mi pobre parroquia está poseída por el diablo! —gritó—. ¡El mismísimo Satanás anda suelto por ella! ¡Nos tiene en sus manos!

En su agitación iba bailando de un lado para otro, salvándose solo del ridículo por su rostro ceniciento y sus ojos desorbitados. Por fin nos disparó la terrible noticia.

—Mr. Mortimer Tregennis ha muerto durante la noche, con idénticos síntomas que el resto de su familia.

Holmes se puso en pie de un salto, todo energía en un instante.

—¿Cabríamos los dos en su coche

—Sí.

—Entonces, Watson, tendremos que posponer el desayuno. Mr. Roundhay, estamos a su entera disposición. Deprisa, deprisa, antes de que revuelvan las cosas.

El huésped ocupaba en la vicaría dos habitaciones, situadas una encima de la otra, que formaban una de las esquinas. La de abajo era una amplia sala de estar y la de arriba el dormitorio. Daban a un terreno de *croquet* que se prolongaba hasta las mismas ventanas. Nosotros llegamos antes que el médico y la policía, así que todo estaba intacto. Permítaseme describir la escena tal y como la vimos aquella mañana de marzo envuelta en bruma. Ha dejado una impresión imborrable en mi memoria.

La atmósfera en la estancia era de asfixia horrible y deprimente. La criada que entró primero abrió la ventana, de lo contrario aún habría sido más intolerable. Aquel ahogo podía deberse en parte a que en la mesa central había una lamparilla ardiendo y humeando. Junto a ella estaba sentado el muerto, apoyado en su silla, con la escueta barba proyectada hacia fuera, los lentes subidos a la frente y el rostro, enjuto y moreno, vuelto hacia la ventana y convulsionando por el mismo rictus de terror que había marcado los rasgos de su difunta hermana. Tenía los miembros contorsionados y los dedos retorcidos como si hubiera muerto en un auténtico paroxismo de miedo. Estaba totalmente vestido, aunque algunos indicios mostraban que lo había hecho con prisas. Sabíamos ya que había dormido en su cama y que le había sobrevenido su trágica muerte a primera hora de la mañana.

Podía adivinarse la energía al rojo vivo que se ocultaba debajo del exterior flemático de Holmes, con solo observar el cambio brusco que se operaba en él al entrar en el fatal apartamento. En un instante se puso tenso y alerta, con los ojos brillantes, el rostro rígido y los miembros temblando de actividad febril. Salió al césped, entró por la ventana, recorrió la sala de estar y subió al dormitorio, como el osado sabueso registra la madriguera. Dio un rápido vistazo por el dormitorio y acabó de abrir la ventana, lo que pareció proporcionarle un nuevo motivo de excitación, ya que se asomó a ella con sonoras exclamaciones de interés y júbilo. A continuación bajó la escalera apresuradamente, salió por la ventana abierta, se tiró boca abajo en el césped, se puso en pie de un salto y volvió a entrar en la estancia, todo ello con la energía de un cazador que le pisa los talones a la pieza. Examinó la lamparilla, que era de las corrientes, con minucioso cuidado y tomando ciertas medidas en su depósito. Hizo, con su lupa, un puntilloso escrutinio de la pantalla de talco que recubría la parte superior de la misma, y rascó algunas cenizas que había adheridas a su superficie, poniendo algunas de ellas en un sobre, que acto seguido se guardó en su cuaderno de bolsillo. Por fin, en el momento en que hacían su aparición el médico y la policía oficial, llamó aparte al vicario y salimos los tres al césped.

—Me complace decirles que mi investigación no ha sido del todo estéril —comentó—. No puedo quedarme para discutir el asunto con la policía, pero le agradeceré mucho, Mr. Roundhay, que le presente mis saludos al inspector y dirija su atención hacia la ventana del dormitorio y la lamparilla de la sala de estar. Son sugerentes, por separado, y juntas casi concluyentes. Si la policía necesita más información, me sentiré muy honrado de recibirles en mi casa. Y ahora, Watson, creo que aprovecharemos mejor el tiempo en otro lugar.

Quizá a la policía le molestara la intrusión de un aficionado, o quizá imaginase haber encontrado por sí sola una esperanzadora línea de investigación; el caso es que nada supimos de ella en los dos días siguientes. Durante los mismos, Holmes pasó una parte de su tiempo en casa, fumando y ensimismado, pero una parte mucho mayor la consagró a dar largos paseos por el campo, siempre solo, regresando después de muchas horas sin comentar dónde había estado. Un experimento me sirvió para comprender su línea de investigación.

Se había comprado una lamparilla idéntica a la que ardía en el dormitorio de Mortimer Tregennis la mañana de la tragedia. La llenó con el mismo aceite que se utilizaba en la vicaría, y cronometró con exactitud el tiempo que tardaba en consumirse. También realizó otro experimento de cariz más desagradable, que no creo que consiga olvidar nunca.

—Observará, Watson —comentó una tarde— que solo hay un punto común de similitud entre los distintos informes que nos han llegado. Se trata del efecto producido por la atmósfera de ambas estancias en las personas que primero entraron en ellas. Recordará que Mortimer Tregennis, al describir el episodio de su última visita a casa de sus hermanos, nos contó que el doctor se desplomó sobre una silla al entrar al salón. ¿Lo había olvidado? Bueno, pues yo le aseguro que ocurrió así. Recordará también que Mrs. Porter, el ama de llaves, nos dijo que había desfallecido al entrar en la estancia y luego había abierto la ventana. En nuestro segundo caso (el de Mortimer Tregennis), no puede haber olvidado la terrible sensación de asfixia que producía el aposento cuando llegamos nosotros, a pesar de que la criada había abierto la ventana. Esa misma criada, según averigüé luego, se había encontrado tan mal que había tenido que acostarse. Admitirá, Watson, que todos estos hechos son muy sugerentes. En ambos casos tenemos evidencias de una atmósfera envenenada. En ambos casos también, tenemos una combustión en la sala: un fuego en el primero, y una lamparilla en el segundo. El fuego había sido necesario, pero la lamparilla fue encendida (como demostrará una comparación con el aceite consumido) mucho después del alba. ¿Por qué? Sin duda porque existe una relación entre las tres cosas; la combustión, la atmósfera asfixiante y la muerte o locura de esos desdichados. Eso está claro, ¿no?

—Así parece.

—Por lo menos podemos aceptarlo como una hipótesis probable. Supongamos, pues, que en ambos casos quemaron algo que produjo una atmósfera de extraños efectos tóxicos. Muy bien. En el salón de los hermanos Tregennis esa sustancia fue colocada en la chimenea. La ventana estaba cerrada, pero como es natural, parte del humo se perdió por el cañón de la chimenea. De ahí que los efectos del veneno quedasen más atenuados que en el otro caso, donde era más difícil que se escaparan los vapores. El resultado parece indicar que fue así, ya que en el primer caso la mujer, que presumiblemente tenía un organismo más sensible, fue la única que murió, siendo los otros presa de esa demencia pasajera o permanente que es, sin duda, el primer efecto de la droga. En el segundo caso el resultado fue completo. De modo que los hechos parecen corroborar la teoría del veneno activado por combustión.

»Con este hilo de razonamiento en mente registré la habitación de Mortimer Tregennis, buscando restos de la sustancia venenosa. El lugar más obvio era la pantalla o guardahúmos de la lamparilla. Allí, como era de esperar, vi cierto número de cenizas escamosas, y alrededor de los bordes una orla de polvo amarronado que aún no se había consumido. Como sin duda observó, me guardé en un sobre la mitad de esas cenizas.»

—¿Por qué la mitad, Holmes?

—Mi querido Watson, no soy quién para interponerme en el camino de la policía oficial. Les dejo la misma evidencia que encontré yo. El veneno quedó en el talco, si fueron lo bastante sagaces para encontrarlo. Y ahora, Watson, encendamos nuestra lamparilla, aunque tomaremos la precaución de abrir antes la ventana, para evitar la defunción precoz de dos meritorios miembros de la sociedad; usted se sentará en un sillón, cerca de la ventana abierta a no ser que, como persona sensata, decida que no tiene nada que ver con este asunto. ¡Oh! ¿Así que quiere ver qué pasa? Sabía que conocía bien a mi Watson. Colocaré esta silla frente a la suya, de forma que quedemos a la misma distancia del veneno, cara a cara. Dejaremos la puerta entreabierta. Ahora estamos ambos en una posición que nos permite vigilar al otro e interrumpir el experimento si los síntomas nos parecen alarmantes. ¿Está todo claro? Bien. Entonces, sacaré el polvillo, o lo que queda de él, del sobre, y lo dejaré encima de la lamparilla encendida. ¡Así! Ahora, Watson, sentémonos y esperemos acontecimientos.

No tardaron en producirse. Apenas me había instalado en mi asiento, cuando llegó hasta mí un olor intenso, almizcleño, sutil y nauseabundo. A la primera bocanada mi cerebro y mi imaginación perdieron por completo el control. Ante mis ojos se arremolinó una nube densa y negra, y mi mente me dijo que en aquella nube, aún imperceptible, pero dispuesto a saltar sobre mis sentidos consternados, se ocultaba, al acecho, todo cuanto había en el universo de vagamente horrible, monstruoso e inconcebiblemente perverso. Había formas imprecisas arremolinándose y nadando en el oscuro banco de nubes, todas ellas amenazas y advertencias de algo que iba a ocurrir, del advenimiento en el umbral de un morador inefable, cuya sola sombra haría estallar mi alma. Se apoderó de mí un terror glacial. Sentía que el pelo se me erizaba, los ojos se me salían de las órbitas, la boca se me abría y la lengua se me ponía como el cuero. Tenía tal torbellino en mi mente que sabía que algo iba a estallar. Intenté gritar, y tuve una vaga conciencia de un gruñido ronco, que era mi propia voz, pero que sonaba distante e independiente de mí. En aquel momento, al hacer un débil esfuerzo por escapar, mi vista se abrió paso en aquella nube de desesperanza, y se posó un instante en la cara de Holmes, blanca, rígida, y contraída de horror: la misma expresión de que había visto en los rasgos de los fallecidos. Fue aquella visión lo que me proporcionó unos segundos de cordura y fuerza. Salí disparado de mi asiento, rodeé a Holmes con los brazos y juntos franqueamos, dando tumbos, la puerta; al instante siguiente nos habíamos dejado caer sobre el césped y yacíamos uno junto al otro, conscientes solo de los gloriosos rayos solares que se filtraban bruscamente a través de la demoníaca nube de terror que nos había envuelto. Esta última se fue levantando de nuestras almas, igual que la niebla del paisaje, hasta que regresaron la paz y la razón, y nos sentamos en la hierba, enjugándonos las frentes pegajosas, y escudriñándonos el uno al otro, para descubrir, con temor, las últimas huellas de la terrible experiencia que acabábamos de vivir.

—¡Por todos los cielos, Watson! —dijo Holmes por fin, con voz insegura—; le debo mi agradecimiento y también una disculpa. Era un experimento injustificado incluso para mí solo, así que doblemente para un amigo. Le aseguro que lo siento de veras.

—Ya sabe —respondí, algo emocionado, porque hasta entonces Holmes nunca me había dejado entrever tanto su corazón—, que es para mí una alegría y un gran privilegio ayudarle.

En seguida volvió a encauzarse en la vena mitad humorística y mitad cínica que constituía su actitud habitual con quienes le rodeaban, y dijo:

—Sería superfluo hacernos enloquecer, mi querido Watson. Cualquier observador imparcial declararía sin duda ninguna que ya lo estábamos antes de embarcarnos en un experimento tan irracional. Confieso que no imaginaba que sus efectos fueran tan repentinos y graves. —Entró a toda prisa en la casa, y apareció de nuevo sujetando la lamparilla, que aún quemaba, con el brazo extendido, y la tiró a un zarzal—. Hemos de esperar un poco a que se ventile la habitación. Supongo, Watson, que no le quedará ni una sombra de duda sobre cómo se produjeron las tragedias.

—Ninguna en absoluto.

—Pero el móvil sigue siendo tan oscuro como antes. Vayamos hasta esa glorieta y discutamos juntos el asunto. Ese preparado infernal parece estar aún metido en mi garganta. Creo que hemos de admitir que toda la evidencia apunta hacia Mortimer Tregennis, el cual podría haber sido el criminal en la primera tragedia y la víctima en la segunda. Debemos recordar, en primer lugar, que existe una historia de pelea familiar, con reconciliación posterior, aunque ignoramos hasta qué punto fue cruda la pelea o superficial la reconciliación. Cuando pienso en Mortimer Tregennis, con su cara de zorro y sus ojillos astutos y brillantes agazapados detrás de sus gafas, no veo en él a un hombre predispuesto a perdonar. En segundo lugar, tengamos presente que esa idea de que había algo moviéndose en el jardín, que distrajo de momento nuestra atención de la auténtica causa de la tragedia, surgió de él. Tenía un motivo para desorientarnos. Y por último, si no fue él quien echó esa sustancia al fuego en el momento de abandonar la estancia, ¿quién lo hizo? El suceso ocurrió inmediatamente después de su marcha. Si hubiera entrado alguna otra persona, sin duda la familia se habría levantado de la mesa. Y además, en el pacífico Cornualles no llegan visitas pasadas las diez de la noche. Así que podemos afirmar que todas nuestras evidencias señalan a Mortimer Tregennis como culpable.

—¡Entonces su muerte fue un suicidio!

—Bueno, Watson, a primera vista no es una suposición absurda. Un hombre sobre cuya alma pesaba el haber condenado a su familia a un final como este podría, llevado por el remordimiento, infligirse ese final a sí mismo. Sin embargo, existen poderosas razones en contra. Por fortuna, hay un hombre en Inglaterra que lo sabe todo, y lo he dispuesto todo para que podamos oír los hechos de sus labios esta misma tarde. ¡Ah! Llega con un poco de adelanto. Le ruego que venga por aquí, doctor Leon Sterndale. Hemos estado realizando dentro un experimento químico, que ha dejado la habitación poco adecuada para la recepción de tan distinguido visitante.

Oí el rechinar de la verja del jardín y apareció en el camino la figura majestuosa del gran explorador de África. Se volvió algo sorprendido hacia la rústica glorieta donde estábamos sentados.

—Me ha hecho llamar, Mr. Holmes. He recibido su nota hará una hora, y aquí me tiene, aunque en realidad no sé por qué he de obedecer a su requerimiento.

—Quizá podamos aclarar ese punto antes de separarnos —dijo Holmes—. Mientras tanto, le agradezco sinceramente su cortés aquiescencia. Discúlpenos por esta recepción informal al aire libre, pero mi amigo Watson y yo hemos estado a punto de aportar nuevo material para un nuevo capítulo de lo que los periódicos llaman el "Horror de Cornualles", y de momento preferimos una atmósfera limpia. Quizá, ya que los asuntos que tenemos que discutir le afectan personalmente y de forma muy íntima, será mejor que hablemos donde no puedan oírnos.

El explorador se apartó el cigarro de los labios y miró a mi compañero con severidad.

—No acabo de comprender, señor —dijo—, de qué puede tener que hablarme que me afecte personalmente y de forma muy íntima.

—Del asesinato de Mortimer Tregennis —dijo Holmes.

Por un momento deseé estar armado. El rostro feroz de Sterndale se tornó purpúreo, sus ojos centellearon y sus venas, agarrotadas y apasionadas, se le abultaron en la frente, mientras daba un salto adelante, hacia mi amigo, con los puños cerrados. Entonces se detuvo y con un esfuerzo violento adoptó una actitud de calma fría y rígida, que quizá presagiaba más peligro que su vehemente arrebato.

—He vivido tanto tiempo entre salvajes y fuera de la ley —dijo—, que me he acostumbrado a hacerme la ley yo mismo. Le suplico, Mr. Holmes, que no lo olvide, porque no deseo causarle ningún daño.

—Tampoco yo tengo deseos de causarle daño a usted, Dr. Sterndale. La mejor prueba de ello está en que, sabiendo lo que sé, le he hecho llamar a usted y no a la policía.

Sterndale se sentó jadeante, intimidado quizá por primera vez en su aventurera vida. En las maneras de Holmes había una serena afirmación de fuerza, a la que no podía uno sustraerse. Nuestro visitante estuvo unos instantes balbuceando, cerrando y abriendo las manazas con agitación.

—¿Qué quiere decir? —preguntó por fin—. Si es un farol, Mr. Holmes, ha escogido al hombre equivocado para su experimento. Dejémonos ya de andarnos por las ramas. ¿Qué quiere decir?

—Voy a decírselo —respondió Holmes— y la razón por la que se lo digo es que espero que la franqueza engendre franqueza. Mi próximo paso dependerá por entero de la naturaleza de su defensa.

—¿Mi defensa?

—Sí, señor.

—¿Mi defensa contra qué?

—Contra la acusación de haber asesinado a Mortimer Tregennis.

Sterndale se secó la frente con el pañuelo.

—Por vida mía, está usted progresando —dijo—. ¿Dependen todos sus éxitos de su prodigiosa capacidad para farolear?

—Es usted —dijo Holmes, con tono severo— quien está faroleando, doctor Sterndale, no yo. Como prueba le expondré algunos de los hechos sobre los que se basan mis conclusiones. De su regreso desde Plymouth, dejando que gran parte de sus pertenencias zarparan sin usted rumbo a África, diré tan solo que fue lo primero que me hizo comprender que era usted uno de los factores a tener en cuenta en la reconstrucción de este drama...

—Volví...

—He escuchado sus razones y me parecen fútiles y poco convincentes. Pero pasemos eso por alto. Vino aquí a preguntarme de quién sospechaba. Me negué a contestar. A continuación, fue a la vicaría, estuvo un rato esperando fuera, y por fin volvió a su casa.

—¿Cómo lo sabe?

—Le seguí.

—No vi a nadie.

—Eso es lo que le sucederá siempre que sea yo quien le siga. Pasó en su casa una noche inquieta, y fraguó cierto plan, que puso en práctica a primera hora de la mañana. Abandonó su morada al alba y se llenó el bolsillo de una gravilla rojiza que había amontonada junto a su puerta.

Sterndale dio un respingo violento y miró atónito a Holmes.

—Luego recorrió a toda prisa la milla que le separaba de la vicaría. Llevaba, si me permite la observación, el mismo par de zapatos de tenis con suela acanalada que calza en este momento. Ya en la vicaría, cruzó la huerta y el seto lateral, saliendo debajo de la ventana del inquilino Tregennis. Era ya pleno día, pero todos dormían en la casa. Se sacó del bolsillo parte de la gravilla, y la lanzó contra la ventana superior.

Sterndale se puso en pie de un salto, y exclamó:

—¡Creo que es usted el mismísimo diablo!

Holmes sonrío al oír el cumplido, y prosiguió.

—Tuvo que tirar dos puñados o quizá tres, antes de que el inquilino saliera por la ventana. Le hizo señal de bajar. Él se vistió apresuradamente y descendió a la sala de estar. Usted entró por la ventana. Sostuvieron una breve entrevista, durante la cual usted estuvo caminando de un lado a otro de la estancia. Luego salió, cerrando la ventana, y se quedó en el césped de fuera fumando un cigarro y observando lo que ocurría. Por fin, tras la muerte de Tregennis, se retiró por donde había venido. Y ahora, doctor Sterndale; ¿cómo justifica esa conducta, y cuáles son los motivos por los que actuó como lo hizo? Si miente o trata de jugar conmigo, le aseguro que este asunto pasará a otras manos definitivamente.

A nuestro visitante se le había puesto la cara de color gris ceniza mientras escuchaba las palabras de su acusador. Estuvo un rato sentado meditando, con el rostro oculto entre las manos. Luego, con un súbito gesto impulsivo, se sacó una fotografía del bolsillo superior y la tiró sobre la mesa rústica que teníamos delante.

—Este es mi motivo —dijo.

En ella aparecía el rostro y el busto de una mujer muy hermosa. Holmes se inclinó para verla, y dijo:

—Brenda Tregennis.

—Sí, Brenda Tregennis —repitió nuestro visitante—. La he amado durante años, Y durante años me ha amado ella a mí.

Ese es el secreto de mi recogimiento en Cornualles que tanto sorprende a la gente: me ha acercado a la única persona en el mundo que quería de verdad. No podía casarme con ella, porque tengo ya esposa; aunque me abandonó hace años, por culpa de las deplorables leyes inglesas, no puedo divorciarme. Brenda estuvo años esperando. Yo estuve años esperando. Y todo para llegar a este final.

Un terrible sollozo sacudió su corpulenta masa, y se oprimió la garganta con la mano por debajo de su barba moteada. Luego, haciendo un esfuerzo, se dominó y siguió hablando.

—El vicario lo sabía. Era nuestro confidente. Él le diría que Brenda era un ángel bajado a la tierra. Por eso me telegrafió y regresé. ¿Qué me importaban ni mi equipaje ni África al enterarme de que la mujer amada había muerto de aquella manera? Ahí tiene la clave que le faltaba para explicar mi acto, Mr. Holmes.

—Prosiga —dijo mi amigo.

El doctor Sterndale se sacó del bolsillo un paquetito de papel y lo depositó sobre la mesa. En el exterior había escrito: *"Radix pedis diaboli"*, con una etiqueta roja de veneno debajo. Empujó el paquetito hacia mí.

—Tengo entendido que es usted médico, señor. ¿Ha oído hablar alguna vez de este preparado?

—¡Raíz del pie del diablo! No, nunca he oído hablar de él.

—Eso no va a desmerecer sus conocimientos profesionales, porque creo que, exceptuando una muestra en un laboratorio de Buda, no existe ningún otro espécimen en Europa. Todavía no ha tenido acceso ni a la farmacopea ni a los libros de toxicología. Su raíz tiene forma de pie, mitad humano, mitad caprino; de ahí el nombre fantástico que le dio un misionero botánico. Es utilizada como veneno probatorio por los brujos de ciertas regiones del oeste de África, que la guardan en secreto. Obtuve esta muestra en circunstancias extraordinarias, en el país de los Ubanghi.

Abrió el papel mientras hablaba, mostrándonos un montoncito de un polvillo parduzco, similar al rapé.

—¿Y bien, señor? —preguntó Holmes con tono grave.

—Voy a contarle lo ocurrido, Mr. Holmes, porque es tanto lo que ya sabe que evidentemente me interesa que lo sepa todo. Ya le he explicado mi relación con la familia Tregennis. Por la hermana era amable con los tres varones. Hubo una pelea por dinero que causó el alejamiento de Mortimer, pero pareció que las cosas se arreglaban y volví a tratarme con él como con los otros. Era un hombre taimado, sutil y calculador, y observé en él algunos detalles que despertaron mis sospechas; pero no tenía motivo para un enfrentamiento.

»Un día, hace un par de semanas, vino a visitarme y le mostré algunas de mis curiosidades africanas. Entre otras, le enseñé este polvillo y le hablé de sus extrañas propiedades, de cómo estimula los centros cerebrales que controlan la emoción del miedo y cómo la muerte o la locura es la suerte que corre el infortunado indígena que es sometido a un juicio probatorio por el sacerdote de la tribu. Le conté también lo impotente que es la ciencia europea para detectarlo. No puedo decirles de qué forma se lo apropió porque no salí de la estancia; pero no hay duda de que mientras yo estaba abriendo armarios y encorvándome sobre cajas, se las ingenió para sustraer parte de la raíz del pie del diablo. Recuerdo bien que me acosó a preguntas relativas a la cantidad y tiempo necesarios para que surtiese efecto, pero ni por un instante imaginé que pudiera tener razones personales para querer saber todo aquello.

»No pensé más en el asunto hasta recibir en Plymouth el telegrama del vicario. El rufián pensaba que yo estaría mar adentro antes de que se publicase la noticia, y que permanecería años perdido en África. Pero volví en seguida. Desde luego, no pude escuchar los detalles sin quedar convencido de que se había utilizado mi veneno. Vine a hablar con usted, por si se le había ocurrido cualquier otra explicación. Pero no podía haberla. Sabía que Mortimer Tregennis era el asesino; que por dinero, y quizá con la idea de que si los demás miembros de su familia enloquecían se convertiría en el único administrador de sus bienes conjuntos, había usado contra ellos el polvo del pie del diablo, causando la demencia de dos de ellos, y la muerte de su hermana Brenda, el único ser humano al que he amado y que me ha correspondido. Ese era su crimen; ¿cuál había de ser su castigo?

»¿Debía recurrir a la justicia? ¿Dónde estaban mis pruebas? Sabía que los hechos eran ciertos, ¿pero lograría hacer creer aquella historia fantástica a un jurado de campesinos? Quizá sí y quizá no; y no podía permitirme fracasar. Mi alma clamaba venganza. Ya le he dicho antes, Mr. Holmes, que he pasado gran parte de mi vida fuera de la ley, y que he acabado por hacérmela yo a mi manera. Y eso fue lo que hice esta vez. Decidí que debía compartir el destino que había infligido a otros. O eso, o le ajusticiaría con mis propias manos. En toda Inglaterra no hay en estos momentos un solo hombre que le tenga menos aprecio a su existencia que yo a la mía.

»Ahora ya sabe todo. Usted mismo ha explicado el resto. Como ha dicho, tras una noche sin descanso, salí por la mañana temprano de mi casa. Preví la dificultad de despertarle, así que recogí grava del montón que ha mencionado, y la utilicé para tirarla contra la ventana. Él bajó y me dio entrada por la ventana de la sala de estar. Le expuse su crimen y le dije que venía como juez y como verdugo. El desdichado se hundió paralizado en una silla al ver mi revólver. Encendí la lamparilla, puse el polvillo sobre ella y permanecí junto a la ventana, dispuesto a cumplir mi amenaza de disparar si trataba de abandonar la estancia. Murió a los cinco minutos. ¡Dios mío! ¡Y cómo murió! Pero mi corazón fue de piedra, porque no soportó nada que mi amada Brenda no hubiera sentido antes que él. Esa es mi historia, Mr. Holmes. Quizá si amase a alguna mujer habría hecho lo mismo. En cualquier caso, estoy en sus manos. Puede dar los pasos que le plazca. Como ya le he dicho, no hay ningún ser viviente que pueda temer menos a la muerte que yo.

Holmes permaneció un rato sentado en silencio.

—¿Qué planes tenía? —preguntó, por fin.

—Tenía la intención de sepultarme en el centro de África. Mi trabajo allí está a medio acabar.

—Vaya a acabarlo —dijo Holmes—. Yo, por lo menos, no pienso impedírselo.

El doctor Sterndale irguió su figura gigantesca, hizo una grave reverencia, y se alejó de la glorieta. Holmes encendió su pipa y me alargó su tabaquera, diciendo:

—No nos vendrán mal, para variar, unos vapores que no sean venenosos. Creo que estará de acuerdo, mi querido Watson, en que no es este un caso en el que tengamos que interferir. Nuestra investigación ha sido independiente, y también lo serán nuestras acciones. ¿Va usted a denunciar a ese hombre?

—Por supuesto que no —respondí.

—Nunca he amado, Watson, pero supongo que si lo hubiese hecho y el objeto de mi amor hubiera tenido un final como este, habría actuado igual que nuestro ilegal cazador de leones. ¿Quién sabe? Bueno, Watson, no ofenderé a su inteligencia explicándole lo que ya es obvio. La gravilla en el alféizar de la ventana fue, desde luego, el punto de partida de mis pesquisas.

»No había nada que encajara con la vicaria en el jardín. Únicamente cuando el doctor Sterndale y su casa llamaron mi atención di con el complemento que me faltaba. Lo que había del polvillo en la pantalla de la lamparilla y que estuviera encendida de día fueron eslabones de una cadena muy clara.

»Ha llegado el momento, querido Watson, hay que hay que pasar ya a otra cosa y sacar este caso de nuestras memorias. También estudiar con la mente despejada esas raíces caldeas que indudablemente hallaremos en la ramificación de Cornualles de la magnífica lengua céltica.

7. La última reverencia

El peor agosto de la historia del mundo fue la segunda noche de ese mes, a eso de las nueve: El sol se había puesto hacía rato, pero en el occidente lejano, a poca altura, se dibujaba una franja rojo sangre, como una herida abierta. Parecía que un castigo de Dios con un silencio sobrecogedor en el ambiente y una sensación de vaga expectación en el aire sofocante y estancado. Por encima de todo esto, las estrellas brillaban; y abajo, las luces de las pequeñas embarcaciones relumbraban en la bahía. Los dos famosos alemanes estaban junto al parapeto de piedra de la avenida del jardín; tenían detrás el edificio, bajo, alargado y cargado de gabletes de la casa, y estaban contemplando la ancha playa que se extendía al pie del profundo acantilado pizarroso sobre el que Von Bork, como un águila errante, se había posado hacía cuatro años. Tenían las cabezas muy juntas y hablaban en tonos quedos, confidenciales. Desde debajo los dos extremos incandescentes de sus cigarros podrían haber sido tomados por los ojos humeantes de algún demonio maligno, acechando en las tinieblas. Hombre extraordinario este Von Bork, un hombre que difícilmente sería igualado por ninguno de los abnegados agentes del Káiser. Era su talento lo primero que le había recomendado para la misión de Inglaterra, la misión más importante de todas; pero desde que se había hecho cargo de ella, su talento se había manifestado de forma cada vez más patente ante la media docena de personas que estaban en contacto con la realidad en todo el mundo. Una de esas personas era su actual compañero, el barón Von Herling, primer secretario de la legación, cuyo enorme vehículo Benz de 100 HP esperaba, bloqueando el camino vecinal, a conducir a su propietario de vuelta a Londres.

—A juzgar por la marcha de los acontecimientos, creo que probablemente estará de regreso en Berlín antes de que acabe la semana —dijo el secretario—. Cuando llegue, mi querido Von Bork, creo que se quedará sorprendido del recibimiento que le aguarda. Yo sé lo que se piensa, en las más altas esferas, de su trabajo en este país.

El secretario era un hombre descomunal, grueso, ancho y alto, con una forma de hablar lenta y cansina que había sido su mejor recomendación en la carrera diplomática.

Von Bork se rio.

—No son muy difíciles de engañar —comentó—. No puede uno imaginarse una gente más dócil y más ingenua.

—No sé qué pensar —dijo el otro, reflexivo—. Tienen límites extraños y uno tiene que aprender a observarlos. Es esa simplicidad superficial suya lo que hace caer en la trampa al extraño. La primera impresión que uno recibe es que son totalmente maleables; pero de pronto se tropieza uno con algo inflexible y sabe que ha llegado al límite y que debe adaptarse a ese hecho. Por ejemplo, tienen sus convencionalismos isleños y, simplemente, hay que observarlos.

—¿Se refiere a lo de "guardar las formas" y todo eso? —Von Bork suspiró, como si hubiera sufrido mucho.

—Me refiero a los prejuicios ingleses en todas sus extrañas manifestaciones. Como ejemplo puedo mencionar uno de mis peores tropiezos y me permito hablar de tropiezos porque conoce lo bastante bien mi trabajo para ser consciente de mis éxitos. Fue cuando llegué por primera vez. Me invitaron a una reunión de fin de semana en la casa de campo de un ministro del Gabinete. La conversación fue tremendamente indiscreta.

Von Bork asintió con la cabeza.

—He estado allí —dijo secamente.

—Exacto. Bueno, pues, naturalmente, envié a Berlín un resumen de la información. Por desgracia nuestro buen canciller es hombre de poco tacto en estos asuntos, e hizo una observación que dejaba patente que sabía lo que se había dicho. Como es natural la pista les condujo directamente hacia mí. No tiene idea de lo que eso me perjudicó. Nuestros anfitriones británicos no fueron precisamente ingenuos y maleables en esta ocasión, puedo asegurárselo. Dos años tuve que soportar sus efectos. En cambio usted, con esa pose de deportista...

—No, no, no la llame pose. Una pose es algo artificial. Y lo mío es natural. Soy un deportista nato. Disfruto con ello.

—Bueno, eso la hace más efectiva. Participa en regatas contra ellos, caza con ellos, juega al polo, los iguala en cualquier juego, y su carruaje de cuatro caballos se lleva el premio en las Olimpiadas. He oído decir que incluso boxea con los oficiales jóvenes. ¿Cuál es el resultado? Nadie le toma en serio. Es usted "un deportista simpático", "un tipo estupendo para ser alemán", un joven bebedor, noctámbulo, bullicioso y despreocupado. Y durante todo ese tiempo esta tranquila casa de campo es el centro de la mitad de los males que sufre Inglaterra, y el caballero-deportista el más astuto agente del servicio secreto en toda Europa. ¡Genial, mi querido Von Bork! ¡Genial!

—Me adula usted, barón. Pero desde luego puedo afirmar que mis cuatro años en este país no han sido improductivos. Nunca le he mostrado mi pequeño almacén. ¿Le importaría que entremos un momento?

La puerta del estudio se abría directamente a la terraza. Von Bork la empujó y, pasando delante, pulsó el interruptor de la luz eléctrica. Luego cerró la puerta detrás de la voluminosa forma que le seguía, y ajustó con cuidado la pesada cortina que cubría la ventana de celosías. Solo después de haber tomado y comprobado todas aquellas precauciones, volvió su rostro curtido y aguileño hacia su invitado.

—Algunos de mis papeles ya no están aquí —dijo—; ayer, cuando mi esposa y la servidumbre salieron para Flushing, se llevaron los menos importantes. Desde luego, debo reclamar la protección de la Embajada para los otros.

—Su nombre ya ha sido registrado como miembro del personal de la Embajada. No habrá dificultades ni para usted ni para su equipaje. Claro que cabe la posibilidad de que no tengamos que irnos. Quizá Inglaterra abandone a Francia a su suerte. Sabemos que no hay ningún tratado que ligue un país a otro.

—¿Y Bélgica?

—A Bélgica también.

Von Bork meneó la cabeza.

—No creo que eso sea posible. En este caso sí que hay un tratado definitivo. Inglaterra nunca se recuperaría de una humillación como esa.

—Pero al menos tendría paz, por el momento.

—¿Y el honor?

—Vamos, mi querido amigo, vivimos en una época utilitarista. El honor es un concepto medieval. Además, Inglaterra no está preparada. Resulta inconcebible, pero ni siquiera nuestro impuesto de guerra especial de cincuenta millones, que parece que tendría que dejar tan patente nuestro propósito como si lo hubiéramos anunciado en la primera página del *Times,* ha despertado a esta gente de su letargo. Aquí y allá se oye una pregunta. Y yo debo hallar una respuesta. Aquí y allá alguien se irrita. Y yo debo apaciguarlo. Pero le aseguro que en lo esencial: almacenaje de municiones, preparación para un ataque submarino, instalaciones para fabricación de altos explosivos... no hay nada preparado. Así que, ¿cómo va a intervenir Inglaterra, sobre todo cuando le hemos organizado esa mezcla infernal de guerra civil en Irlanda, furias rompecristales, y Dios sabe qué más para que concentre su atención en casa?

—Tiene que pensar en su futuro.

—¡Ah! Esa es otra cuestión. Supongo que para el futuro nosotros tenemos nuestros propios planes respecto a Inglaterra, y que su información nos será vital. Con Mr. John Bull tendremos que vérnoslas hoy o mañana. Si prefiere que sea hoy, estamos preparados. Si ha de ser mañana, aún lo estaremos más. Creo que para ellos sería más sensato luchar con aliados que sin ellos, pero ese es asunto suyo. Esta semana es la de su destino. Pero me estaba hablando de sus papeles. —Se sentó en el sillón, con la luz iluminando su cabeza ancha y calva, y siguió fumando tranquilamente su cigarro.

En el ángulo del fondo de la espaciosa habitación revestida de roble repleta de libros alineados colgaba una cortina. Al descorrerla quedó al descubierto una gran caja fuerte con remates de bronce. Von Bork separó una llavecita de la cadena de su reloj y, tras considerables manipulaciones del cierre de seguridad, abrió de par en par la pesada puerta.

—¡Mire! —dijo, apartándose e invitándole con la mano.

La luz alumbró de lleno la caja abierta, y el secretario de la Embajada contempló con absorto interés las hileras atestadas de archivadores que había en su interior.

Cada archivador tenía su etiqueta, y sus ojos, al recorrerlos uno a uno con la mirada, leyeron una larga serie de títulos, tales como “Fondeaderos”, “Defensas portuarias”, “Aeroplanos”, “Irlanda”, “Egipto”, “Fuertes de Portsmouth”, “El Canal”,

"Rosyth", y una veintena más. Cada compartimiento rebosaba de documentos y planos.

—¡Colosal! —exclamó el secretario. Dejó el cigarro, y se puso a aplaudir con sus manos gordinflonas.

—Y todo en cuatro años, barón. No está del todo mal para un caballero de provincias, bebedor y jinete incansable. Pero está por llegar la perla de mi colección; ya tiene su lugar reservado. —Señaló con el dedo un espacio vacío sobre el que había impreso el rótulo "Señales Navales".

—Pero ya tiene un expediente muy completo sobre eso.

—Anticuado, digno de la papelera. De alguna manera en el Almirantazgo ha sonado la alarma y han cambiado todos los códigos. Ha sido un golpe duro, barón, el peor que he recibido en toda mi campaña. Pero gracias a mi talonario y al bueno de Altamont todo va a solucionarse esta noche.

El barón consultó su reloj, y emitió una exclamación gutural de disgusto.

—Bueno, no puedo esperar más. Como usted se imagina, las cosas se están moviendo en Carlton Terrace y tenemos que estar en nuestros puestos. Esperaba poder llevarme la noticia de su golpe maestro. ¿Altamont no le concretó la hora?

Von Bork le alargó un telegrama:

«Iré sin falta esta noche y llevaré las bujías nuevas.

ALTAMONT.»

—Bujías, ¿eh?

—Tenga en cuenta que se hace pasar por experto en motores y yo tengo un taller completo de reparaciones. En nuestro código, todo lo que se sabe de antemano que puede tener que mencionarse recibe el nombre de una pieza de recambio. Si habla de un radiador, se trata de un acorazado; una bomba de aceite es un crucero, y así sucesivamente. Las bujías son las señales navales.

—Puesto en Portsmouth a mediodía —dijo el secretario, examinando el sobrescrito—. Por cierto, ¿cuánto le paga?

—Quinientas libras por este trabajo en particular, y además cobra un sueldo.

—¡Ambicioso bastardo! Son útiles, estos traidores, pero me pesa el precio de sangre que hay que pagarles.

—Con Altamont, a mí no me pesa nada. Es un trabajador fantástico. Le pago bien, pero por lo menos entrega la mercancía, como él mismo dice. Además, no es un traidor. Le aseguro que el más pangermánico de nuestros prusianos es un tierno palomito en sus sentimientos por Inglaterra, comparado con un auténtico irlandés resentido y emigrado a América.

—¡Oh! ¿Es un irlandés americano?

—Si le oyera hablar no lo dudaría. A veces le aseguro que me cuesta trabajo entenderle. Parece haber declarado la guerra tanto al inglés del rey como al rey inglés. ¿De verdad tiene que irse? Llegará de un momento a otro.

—Sí. Lo siento, pero ya he permanecido aquí más tiempo del debido. Le esperamos mañana temprano; cuando haya introducido ese libro de señales por la portezuela de la escalinata del duque de York, habrá puesto un triunfante colofón a sus servicios en Inglaterra. ¿Cómo? *¿Tokay?* —señaló con el dedo una botella llena de lacres y polvo que había en una bandeja, junto a dos vasos altos.

—¿Puedo ofrecerle un vaso antes de que emprenda su viaje?

—No gracias. Pero me huele a juerga.

—Altamont es un fino catador de vinos, y tiene especial predilección por mi *tokay*. Es un tipo quisquilloso, así que hay que llevarle la corriente en estas cosas pequeñas. Le aseguro que es digno de estudio.

Habían salido ya a la terraza, y continuaron caminando hasta llegar al alejado extremo donde, con un solo toque al conductor del barón, el gran automóvil se puso a vibrar y a ronronear.

—Esas luces son las de Harwich, supongo —dijo el secretario, poniéndose el guardapolvo—. ¡Qué quietud y qué paz! Antes de que acabe la semana, quizá haya otras luces, y la costa inglesa esté menos tranquila. También en los cielos habrá movimiento, si resulta cierto todo lo que promete el viejo Zeppelin. Por cierto, ¿quién hay ahí?

Tan solo había luz en una de las ventanas; se veía en el interior una lámpara y junto a ella, sentada al lado de la mesa, una mujer vieja y de mejillas sonrosadas tocada con una cofia. Estaba encorvada sobre su labor de punto, y se interrumpía de vez en cuando para acariciar a un gran gato negro que había en un taburete cercano.

—Es Martha, la única criada que se ha quedado.

El secretario rio entre dientes.

—Casi podría personificar a Gran Bretaña —dijo—, con su completo ensimismamiento y su aire general de cómoda somnolencia. ¡Bueno, hasta la vista, Von Bork!

Con una última ondulación de la mano subió al coche de un salto, y un momento después los dos conos dorados de los faros se proyectaron en la oscuridad. El secretario se arrellanó entre los cojines de su lujoso vehículo, con el pensamiento tan absorto en la inminente tragedia europea, que casi no se dio cuenta de que su automóvil, al girar por la calle del pueblo, casi aplasta a un pequeño Ford que avanzaba en dirección contraria.

Von Bork volvió al estudio, caminando despacio, una vez los últimos resplandores de los faros del coche se hubieron desvanecido en la distancia. Al pasar por la ventana de su vieja ama de llaves, observó que había apagado la luz y se había retirado. Eran para él una nueva experiencia, aquel silencio y aquella oscuridad que reinaban en su espaciosa casa, pues su familia y servidumbre habían sido numerosas.

No obstante le alivió pensar que estaban todos a salvo y que, exceptuando a aquella anciana que se había retrasado en la cocina, tenía toda la finca para él solo. Había mucho que limpiar en su estudio, y se puso a hacerlo; hasta que su cara expresiva y bella se encendió con el calor de los documentos quemados. Había junto a la mesa un maletín de piel, y empezó a guardar ordenada y sistemáticamente en él el precioso contenido de su caja fuerte. Apenas había iniciado esta tarea, cuando su fino oído detectó el sonido de un coche lejano. Al instante lanzó una exclamación de júbilo, aseguró las correas del maletín, cerró la caja con combinación, y salió corriendo a la terraza. Llegó justo a tiempo para ver los faros de un pequeño automóvil apagarse en la verja. Se apeó un pasajero y avanzó deprisa hacia él mientras el conductor, un tipo corpulento, entrado en años y con bigote cano, se sentaba tranquilamente, como resignado a su larga vigilia.

—¿Bien? —preguntó con ansiedad Von Bork, saliendo al encuentro de su visitante.

Por toda respuesta el hombre levantó por encima de su cabeza un paquete de papel parduzco, haciendo un gesto de triunfo.

—Esta noche ya puede chocarla a gusto, señor —exclamó—. Le traigo el gato en el talego.

—¿Las señales?

—Como le decía en el telegrama. Hasta la última de ellas: semáforos, códigos de luces, el Marconi... una copia, no se vaya a pensar que es el original. Era demasiado peligroso. Pero puede apostar a que es la mercancía auténtica. —dijo, dando una palmada al alemán en el hombro, con tan tosca familiaridad, que el otro reculó.

—Entre —dijo—. Estoy solo en casa. Solo esperaba esto. Desde luego es mejor una copia que el original. Si faltase el original lo cambiarían todo. ¿Cree que con la copia todo irá bien?

El americano irlandés había entrado en el estudio y se había sentado en el sillón, estirando sus brazos y piernas. Era un hombre alto y flaco de unos sesenta años, con las facciones muy marcadas y una barbita de chivo que le daba un cierto parecido con las caricaturas de Tío Sam. De la comisura de sus labios colgaba un cigarro a medio fumar, empapado de saliva, y al tomar asiento volvió a encenderlo con una cerilla.

—¿Preparándose para la mudanza? —observó, mirando a su alrededor—. Oiga, señor —agregó, clavando la vista en la caja fuerte que en aquel momento no ocultaba la cortina—, no me irá a decir que guarda sus documentos ahí.

—¿Por qué no?

—¡Caray! ¡En un artefacto como ese, que es como si estuviera abierto! ¡Y le tienen a usted por un espía importante! Cualquier ladrón yanqui desguazaría eso con un abrelatas. Si hubiera sabido que todas mis cartas quedarían ahí, al alcance de cualquiera, no habría hecho el imbécil escribiéndole.

—Cualquier ladrón tendría dificultades para forzar esta caja fuerte —respondió Von Bork—. Este metal no puede cortarse con ninguna herramienta.

—¿Pero, y la cerradura?

—No, tiene doble combinación. ¿Sabe lo que significa?

—A mí que me registren —dijo el americano.

—Bien; pues significa que se necesita una palabra, además de una serie de números para accionar esa cerradura. —Se levantó y le mostró un disco con doble juego radial alrededor del agujero de la llave—. El exterior es para las letras, y el de dentro para los números.

—Bueno, bueno, eso ya está mejor.

—Así que no es tan simple como creía. La mandé fabricar hace cuatro años; ¿qué cree que elegí como código?

—No podría saberlo.

—Elegí la palabra *agosto* y la cifra *1914;* eso es todo.

En el rostro del americano se dibujaron sorpresa y admiración.

—¡Eso sí que es tener ojo! ¡Afinó bien la puntería!

—Sí, unos pocos de nosotros podíamos adivinar la fecha incluso entonces. ¡Y pensar que mañana le doy el cerrojazo definitivo!

—Muy bien, pero aún quedo yo. No creerá que voy a quedarme solo en este maldito país. Por lo que veo, dentro de una semana o menos John Bull estará erguido sobre sus cuartos traseros y con las garras extendidas. La verdad es que preferiría ver el espectáculo desde el otro lado del mar.

—Pero usted es ciudadano americano.

—También Jack James era ciudadano americano, y eso no le impide estar pudriéndose en Portland. No se escabulle uno de un policía inglés diciéndole que es ciudadano americano. "Aquí rigen la ley y el orden británicos", contesta. Por cierto, señor, hablando de Jack James; tengo la impresión de que no hace gran cosa para cubrir a sus hombres.

—¿Qué quiere decir? —preguntó Von Bork, secamente.

—Bueno, usted es el jefe, ¿no? Es usted quien tiene que ocuparse de que no caigan. Pero caen, y usted nunca ha rescatado a ninguno. Ahí tiene a James...

—Lo que ocurrió con James fue culpa suya, lo sabe muy bien. Era demasiado terco para este trabajo.

—James era estúpido, lo admito. ¿Pero qué me dice de Hollis?

—Estaba loco.

—Bueno, se ofuscó un poco al final. Pero es que es como para acabar en el manicomio tener que pasarse de la mañana a la noche representando un papel, rodeado de cien tipos dispuestos a echarle a uno la cofia encima. Y ahora Steiner...

Von Bork se sobresaltó violentamente, y el rubor de su rostro bajó en un tono.

—¿Que le ocurre a Steiner?

—Pues que le han echado el guante, eso es todo. Ayer noche irrumpieron por sorpresa en su almacén, y él y sus papeles están en la cárcel de Portsmouth. Usted se largará y él, pobre diablo, tendrá que aguantar el barullo y mucha suerte tendrá si sale vivo. Por eso quiero yo poner agua de por medio a la vez que usted.

Von Bork era un hombre fuerte y contenido, pero era fácil darse cuenta de que aquella noticia le había afectado.

—¿Cómo han podido descubrir a Steiner? —murmuró—. Ese es el peor golpe de todos.

—Pues casi le dan otro peor, porque creo que no andan lejos de mí.

—¡No puede ser!

—¡Ya lo creo! Mi patrona, allí en el camino de Fratton, tuvo que contestar a algunas preguntas, y yo al enterarme comprendí que había llegado el momento de moverse. Pero lo que yo quiero saber, señor, es cómo los polis averiguan todas estas cosas. Steiner es el quinto hombre que pierde usted desde que firmamos contrato, y conozco el nombre del sexto si no me escabullo pronto. ¿Cómo explica usted eso? ¿No le da vergüenza ver que sus hombres van cayendo de ese modo?

El rostro de Von Bork se encendió violentamente.

—¿Cómo se atreve a decirme eso?

—Si no me atreviera a ciertas cosas, señor, no estaría a su servicio. Pero voy a decirle a las claras lo que pienso. He oído decir que ustedes, los políticos alemanes, cuando uno de sus agentes ha concluido su trabajo, no ponen muchos reparos a que lo quiten de en medio.

Von Bork se levantó de un salto.

—¿Se atreve a insinuar que he entregado a mis propios agentes?

—No llego a tanto señor; pero en algún lugar hay un soplón o una infiltración, y a usted compete descubrir dónde. En cualquier caso, no voy a dejar las cosas al azar. Quiero irme a mi pequeña Holanda, y cuanto antes, mejor.

—Llevamos demasiado tiempo siendo aliados para pelearnos en la hora de la victoria. Ha realizado un trabajo espléndido, con muchos riesgos, y eso no puedo olvidarlo. No se hable más; váyase a Holanda, y desde Rotterdam podrá tomar un barco a Nueva York. Deme ese libro, y lo meteré en mi equipaje, con los demás.

El americano sostenía en su mano el paquetito. Pero no hizo gesto de entregarlo.

—¿Qué hay del parné? —preguntó.

—¿De qué?

—La pasta. La recompensa. Las 500 libras. El artillero se puso muy antipático al final, y tuve que untarlo con cien dólares más, ya que de lo contrario usted y yo nos quedábamos compuestos y sin libro. "No hay nada que hacer" dijo, muy convencido; pero los cien pavos lo amansaron. Toda esta broma me ha costado doscientas libras, así que no entrego ni una página si no cobro mi recompensa.

Von Bork sonrió con cierta amargura y dijo:

—No parece tener una opinión muy elevada de mi honor; quiere el dinero antes de entregarme el libro.

—Mire usted, señor, los negocios son los negocios.

—De acuerdo, lo haremos a su manera. —Se sentó a la mesa, hizo unos garabatos en un cheque, arrancó este del talonario; pero se guardó muy bien de alargárselo a su interlocutor—. Después de todo, puestas así las cosas, Mr. Altamont —dijo—, no veo por qué he de confiar más yo en usted que usted en mí. ¿Me comprende? —añadió, volviendo la cabeza y mirando por encima del hombro al americano—. Dejaré el cheque encima de la mesa. Reclamo mi derecho a examinar ese paquete antes de que recoja su dinero.

El americano se lo pasó sin decir palabra. Von Bork desató el bramante y rasgó dos envoltorios de papel. Luego permaneció sentado un momento mirando, callado y perplejo, el librito azul que tenía delante de los ojos. En su tapa, había impreso en letras de oro el siguiente título: *Manual Práctico de Apicultura.* Solo un instante pudo el jefe de espías seguir contemplando aquella inscripción extrañamente ajena al tema; al siguiente era sujetado en la nuca por una garra de acero, y apareció ante su cara contorsionada una esponja empapada en cloroformo.

—¡Otro caso, Watson! —dijo Mr. Sherlock Holmes, alargándole la botella de *tokay* Imperial.

El robusto conductor, que se había sentado junto a la mesa, adelantó presto el vaso.

—Es un buen vino, Holmes.

—Un vino extraordinario, Watson. Nuestro amigo del sofá me ha asegurado que es de la bodega especial de Francisco José en el palacio de Schoenbrunn. ¿No le molestaría demasiado abrir la ventana? El vapor del cloroformo no ayuda al paladar.

La caja fuerte estaba entreabierta y Holmes, de pie ante ella, iba sacando los archivos y examinándolos por encima, antes de guardarlos ordenadamente en el maletín de Von Bork. El alemán yacía en el sofá roncando ruidosamente, con una cuerda rodeándole las piernas y otra la parte superior de los brazos.

—No hace falta apresurarse, Watson. Estamos a salvo de interrupciones. ¿Le importa tocar la campanilla? No hay nadie en la casa excepto la vieja Martha, que ha interpretado su papel admirablemente. Cuando me hice cargo del caso, le conseguí este puesto. Ah, Martha, le gustará saber que todo va bien.

La encantadora anciana acababa de aparecer en el umbral. Le dedicó a Holmes una sonrisa y una reverencia; pero miró con cierta aprensión a la figura del sofá.

—Está bien, Martha. No ha sufrido ni un rasguño.

—Me alegro, Mr. Holmes. A su manera, ha sido un amo bondadoso. Quería que me fuera ayer a Alemania con su esposa, pero eso no hubiera convenido a sus planes, ¿verdad?

—Desde luego que no, Martha. Mientras siguiera usted aquí, yo estaba tranquilo. Hemos tenido que esperar su señal mucho rato esta noche.

—Es que estaba aquí el secretario, señor.

—Lo sé. Nos hemos cruzado.

—Creía que no iba a irse nunca. Sabía que tampoco convendría a sus planes encontrarle aquí.

—No, desde luego. A fin de cuentas, solo hemos tenido que esperar una media hora; hasta que se ha apagado su lámpara y he comprendido que no había moros en la costa. Puede entregarme su informe mañana, en el hotel Claridge de Londres, Martha.

—Muy bien, señor.

—Supongo que lo tiene todo a punto para la marcha.

—Sí, señor. Hoy ha enviado siete cartas. Como de costumbre, tengo las direcciones.

—Muy bien, Martha. Mañana las estudiaré. Buenas noches. Estos papeles —prosiguió, cuando la anciana se hubo retirado—, no son demasiado importantes, ya que, naturalmente, la información que representan fue remitida hace ya tiempo al Gobierno alemán. Son los originales, que no podían sacarse del país sin riesgo.

—Entonces no sirven para nada.

—Yo no diría tanto, Watson. Por lo menos servirán para que los nuestros estén al corriente de lo que se sabe y lo que no. Añadiré que la mayoría de estos papeles han llegado aquí por mediación mía, y por lo tanto no son precisamente fidedignos. Alegraría mis años de decadencia ver a un buque alemán navegando por el canal de Solent de acuerdo con los planos de campo de minas que yo les he facilitado. ¿Pero y usted, Watson? —interrumpió su trabajo y agarró por los hombros a su viejo amigo —; casi no le he visto a la luz. ¿Cómo le han tratado los años? Es usted el mismo mozalbete campechano de siempre.

—Me he quitado veinte años de encima, Holmes. Nunca me he sentido tan feliz como en el momento en que recibí su telegrama pidiéndome que fuera a reunirme con usted en Harwich y que llevase el coche. Pero usted Holmes, ha cambiado muy poco, si exceptuamos esa horrenda perilla.

—Sacrificios que ha de hacer uno por el país, Watson —dijo Holmes, tirándose del mechón—. Mañana no será más que un desagradable recuerdo. Con el pelo cortado y otros cambios superficiales sin duda mañana reapareceré en el Claridge tal como era antes de que esta faenilla americana, le ruego que me perdone, Watson, pero mi dominio del inglés parece haber desaparecido para siempre, antes de que este asunto americano se cruzase en mi camino.

—Pero si se había retirado, Holmes. Nos dijeron que llevaba una existencia de asceta, entre sus abejas y sus libros, en una pequeña granja de los South Downs.

—Exacto, Watson. ¡Aquí tiene el fruto de mi ociosa holganza, la obra magna de estos últimos años! —cogió el volumen encima de la mesa y leyó el título completo—: *Manual Práctico de Apicultura, con algunas Observaciones sobre la Segregación de la Reina.* Lo he escrito yo solo. Contemple el fruto de noches de meditación y días laboriosos, en los que vigilé a las cuadrillas de pequeñas obreras como en otro tiempo había vigilado el mundo criminal de Londres.

—Entonces, ¿cómo es que se puso a trabajar otra vez?

—¡Ah! Con frecuencia hasta yo mismo me asombro. Habría podido resistirme al ministro de Asuntos Exteriores, pero cuando el Primer Ministro en persona se dignó a visitar mi humilde morada... El hecho es, Watson, que ese caballero del sofá era un poco demasiado bueno para los nuestros. Se le consideraba único en su clase. Las cosas iban mal, y nadie conseguía comprender por qué. Se sospechaba de agentes e incluso se practicaban detenciones, pero resultaba evidente que había una fuerza secreta central, muy poderosa. Era imprescindible sacarla a la luz. Recibí fuertes presiones para tomar cartas en el asunto. Me ha costado dos años, Watson, que no han estado exentos de emoción. Si le digo que inicié mi peregrinaje en Chicago, entré en una sociedad secreta irlandesa en Buffalo, le causé serios problemas a los agentes de policía de Skibbareen y por fin atraje la atención de un agente subordinado de Von Bork, quien me recomendó como un hombre de aptitudes, se hará una idea de lo complejo que ha sido el asunto. Desde entonces me he visto honrado con su confianza, lo que no ha impedido que la mayoría de sus planes fracasasen sutilmente y cinco de sus mejores agentes estén ahora en la cárcel. Yo observaba vigilante el fruto, Watson, y lo recogía cuando maduraba. Bueno, señor, espero que ya se haya recobrado del todo.

Este último comentario iba dirigido a Von Bork, que tras muchos parpadeos y ahogos había permanecido tumbado en silencio escuchando el relato de Holmes. De pronto estalló en un furioso torrente de invectiva alemana, con el rostro convulsionado de pasión. Holmes prosiguió con su rápida investigación de documentos, mientras su prisionero le maldecía y renegaba.

—Aunque no sea musical, el alemán es la lengua más expresiva del mundo —dijo, cuando Von Bork se interrumpió de puro agotamiento—. ¡Ajá! —añadió, fijando la atención en la esquina de un plano antes de colocarlo en la maleta—. Esto meterá a otro pájaro en la jaula. No tenía idea de que el tesorero fuese tan canalla, aunque ya hace tiempo que no le quito el ojo de encima. Señor Von Bork, va a tener que responder a muchas preguntas.

El prisionero se había incorporado en el sofá con dificultad y miraba sin pestañear a su aprehensor con una extraña mezcla de odio y perplejidad.

—Ya le ajustaré las cuentas, Altamont —dijo, hablando con lenta deliberación—. ¡Le ajustaré las cuentas aunque me cueste la vida!

—¡La eterna y dulce canción! —dijo Holmes—. ¡Cuántas veces la habré escuchado en tiempos pasado! Era la cantinela favorita del llorado profesor Moriarty. Tengo entendido que el coronel Sebastian Moran la había canturreado alguna vez. Y sin embargo, sigo vivo y dedicado a la apicultura en los South Downs.

—¡Maldito seas, doble traidor! —exclamó el alemán, forcejeando para soltarse con destellos de muerte en sus feroces ojos.

—No, la cosa no es tan terrible —replicó Holmes, sonriendo—. Como sin duda sabrá ya por mi relato, Mr. Altamont de Chicago no existía en realidad. Lo utilicé y se ha ido.

—¿Entonces, quién es usted?

—No es importante quién sea yo, pero como parece interesarle, Mr. Von Bork, le diré que no es esta la primera vez que trabo conocimientos con miembros de su familia. Hubo un tiempo en el que llevé muchos asuntos en Alemania, y quizá mi nombre le sea familiar.

—Desearía conocerlo —dijo el prusiano con acritud.

—Soy el artífice de la separación entre Irene Adler y el fallecido rey de Bohemia, cuando su primo Heinrich era embajador imperial. También fui yo el salvador del conde Von und Zu Grafenstein, hermano mayor de su madre, cuando intentó asesinarle el nihilista Klopman. Fui yo...

Von Bork se incorporó, atónito.

—No hay más que un hombre —exclamó.

—Exacto —dijo Holmes.

Von Bork emitió un gemido y volvió a hundirse en el sofá.

—Y la mayor parte de toda esta información me ha llegado a través suyo —se lamentó—. ¿Qué valor tiene? ¿Qué he hecho? ¡Es mi ruina para siempre!

—Lo cierto es que muy fidedigna no es —dijo Holmes—. Habría que hacer comprobaciones, y usted tiene poco tiempo para eso. Quizá su almirante encuentre las piezas de artillería bastante más grandes de lo que espera y los cruceros un tanto más rápidos.

Von Bork, desesperado, se llevó las manos a la garganta.

—Existen otras muchas cuestiones de detalle que sin duda saldrán a la luz en su momento. Pero posee usted una cualidad muy poco frecuente en un alemán, Mr. Von Bork: es un deportista, y no me guardará rencor cuando comprenda que, al igual que ha superado en inteligencia a tantos otros, ha sido superado por una vez. Después de todo, ha hecho cuanto ha podido por su país, y yo he hecho lo mismo por el mío: ¿hay algo más natural? Además —añadió, no sin cierta amabilidad, apoyando su mano en el hombro del adversario postrado—, es mejor esto que caer ante un enemigo más innoble. Estos papeles ya están listos, Watson. Si me ayuda con nuestro prisionero, creo que podemos salir en seguida para Londres.

No fue tarea fácil mover a Von Bork, ya que era un hombre fuerte y estaba desesperado. Por fin, sujetándole uno por cada brazo, los dos amigos le hicieron avanzar muy despacio por la misma avenida del jardín que había recorrido con orgullo y confianza hacía solo unas horas mientras recibía las felicitaciones del famoso diplomático. Tras una última y breve resistencia fue izado, aún atado de pies y manos, al asiento libre del pequeño automóvil. Su precioso maletín fue encajado junto a él.

—Confío en que esté tan cómodo como permiten las circunstancias —dijo Holmes, cuando hubieron acabado de instalarle—. ¿Me censurará usted si me tomo la libertad de encender un cigarro y colocárselo entre los labios?

Pero toda afabilidad resultaba inútil con aquel alemán enojado.

—Supongo que se dará usted cuenta. Mr. Sherlock Holmes —dijo— de que si su Gobierno le apoya en el trato que me está dando, provocará una declaración de guerra.

—¿Y qué me dice de su Gobierno y el trato que le da a esto otro? —preguntó Holmes, tamborileando sobre el maletín.

—Usted es un particular. No tiene ninguna orden de detención contra mí. Su forma de proceder es ilegal y ultrajante.

—Desde luego —dijo Holmes.

—Ha secuestrado a un súbdito alemán.

—Y robado sus documentos privados.

—Bueno, ya conocen la situación, tanto usted como su cómplice. Si me pusiera a gritar pidiendo ayuda al pasar por el pueblo...

—Mi querido señor, si hiciera una cosa tan estúpida probablemente aumentaría el número demasiado limitado de nombres de nuestras tabernas locales, dejándonos la nueva enseña de «El Prusiano Colgado». El inglés es una criatura tolerante, pero en estos momentos su ánimo anda un poco inflamado y es mejor no ponerlo a prueba. No, Mr. Von Bork, usted nos acompañará como persona tranquila y sensata que es, a Scotland Yard, desde donde podrá mandar aviso a su amigo el barón Von Herling para ver si sigue pudiendo ocupar esa plaza que le tiene reservada entre el personal de la Embajada. En cuanto a usted, Watson, tengo entendido que se ha unido a nosotros cumpliendo su antiguo servicio, así que Londres no le hará desviarse de su camino. Quédese aquí conmigo en la terraza, porque quizá sea nuestra última charla.

Los dos amigos mantuvieron una conversación íntima de unos pocos minutos, recordando una vez más los días del pasado, mientras su prisionero forcejeaba en vano para romper sus ligaduras. Cuando volvían hacia el coche, Holmes señaló con el dedo el mar iluminado por la luna, y movió pensativo la cabeza.

—Viene un viento del este, Watson.

—Creo que no, Holmes. El aire está tibio.

—¡Mi apreciado Watson! Usted es lo único que no va a cambiar en la etapa de cambios. Ciertamente, del este viene un viento frío y crudo que nunca había soplado en Inglaterra. Watson, es probable que algunos nos marchitemos con ese viento. No olvidemos que, del mismo modo, es un viento de Dios, cuando pase el temporal y salga el sol se despejará una tierra mejor, más fuerte y limpia. Watson, ponga en marcha el coche, es hora de irse. Hay que hacer efectivo un cheque por quinientas libras, y ya sabemos que el firmante es muy capaz de cancelarlo.

Índice

Estudio Preliminar 3

Prefacio de "La última reverencia" 5

1. El pabellón Wisteria 7

2. El círculo rojo 51

3. Los planos del Bruce-Partington 75

4. El detective agonizante 119

5. La desaparición de Lady Frances Carfax 139

6. El pie del diablo 167

7. La última reverencia 201